飞扬 · **青春校园记忆美文精选**

十六岁的春天

省登宇 主编

国际文化出版公司

·北京·

图书在版编目（CIP）数据

十六岁的春天 / 省登宇主编 . —北京：国际文化出版
公司，2012.6（2024.5 重印）
（飞扬·青春校园记忆美文精选）
ISBN 978-7-5125-0345-8

I. ①十… II. ①省… III. ①散文集－中国－当代
②短篇小说－小说集－中国－当代 IV. ① I217.1

中国版本图书馆 CIP 数据核字（2012）第 065384 号

飞扬·青春校园记忆美文精选·十六岁的春天

主　　编	省登宇
责任编辑	赵　辉
统筹监制	葛宏峰　李典泰
策划编辑	何亚娟　任立雍
美术编辑	刘洁羽　王振斌
出版发行	国际文化出版公司
经　　销	国文润华文化传媒（北京）有限责任公司
印　　刷	三河市同力彩印有限公司
开　　本	700毫米×1000毫米　　　16开
	10.25印张　　　138千字
版　　次	2012年6月第1版
	2024年5月第2次印刷
书　　号	ISBN 978-7-5125-0345-8
定　　价	39.80元

国际文化出版公司
北京市朝阳区东土城路乙9号　　邮编：100013
总编室：（010）64270995　　传真：（010）64270995
销售热线：（010）64271187
传真：（010）84271187-800
E-mail：icpc@95777.sina.net

CONTENTS 目录

第1章　浮光掠影

恋战 ◎文 / 颜歌　　　　　　　　　　　　006

十分钟后的世界 ◎文 / 范书铭　　　　　017

我与金毛寻回犬先生的一天 ◎文 / 杨雨辰　026

十六岁的春天 ◎文 / 柳焕杰　　　　　　035

第2章　时光匣子

奇迹的碎片 ◎文 / 夏茗悠　　　　　　042

灰之寓言 ◎文 / 李遥策　　　　　　　060

是谁遇错了未来 ◎文 / 杨雨辰　　　075

第3章　似水年华

轮廓苍老抑或风华正茂 ◎文／商朝基因　090

想起自行车 ◎文／蒋峰　　　　　　098

河内八月 ◎文／陈晨　　　　　　　101

花园被冬天埋葬 ◎文／陈晨　　　　105

第4章　阡陌红尘

北回归线以北 ◎文／李遥策　　112

喜乐兽 ◎文／颜歌　　　　　　135

听到，听不到 ◎文／蒋峰　　149

蜕变记 ◎文／柳焕杰　　　　　151

目录 CONTENTS

第1章

浮光掠影

所有的爱情，都是浮光掠影，一场温暖幻觉

恋战  ◎文/颜歌

　　在小酒馆一场英国木偶表演会上遇见常葶那年，她大学三年级。刘海又浓又密，因为角膜炎，戴着黑色塑料边框眼镜，卷发，穿格子衬衣和牛仔裤，站板凳上用相机拍台上的表演，神情专注如同某一种小兽，满屋五光十色花枝招展的女孩，我独独看中她。

　　后来别人介绍说这是常葶，美院油画系大三的。她看见我笑一笑，伸手过来同我握手，指尖纤细且冰，让我一凉。

　　就这样认识了。

　　一起出去逛过几次街，女人的友谊永远是在各大商场商铺中发展而来，常葶砍价功夫一流，毫不手软，一个下午下来，收获颇丰。后来我们去"半打水"喝水，常葶坐我对面歪着头玩自己的手指，刚刚二十出头，青葱一般新鲜的面庞，她突然问我说，你爱过什么人吗。

　　我不由笑，凶猛如常葶，问问题也是如此单刀直入。

　　不等我回答，她问我说，你说，若是你爱一个人，爱了很久，却依然得不到他，你会怎样。

　　她用了"得到"这样暴烈的词语，我便不由微笑了。

　　是年，女孩常葶生猛鲜活，听着摇滚乐往画布上甩色彩，陷入人生中第一场真正意义上的爱情，我行我素惯了，难免措手不及，她明明知道自己是得不到的，但是，

就像野兽一般，张牙舞爪，非要背水一战。

常葶给我打电话，讲到张子危，她说，真是混战。

我同意。恋爱如战场，稍有闪失，人财两失。

站在美院前门就可以直接看见后门，宿舍在左边，教学楼在右边，一个空荡荡的大操场，荡过来的每一个人都熟得不好意思去打招呼。徐喧说，美院就是一个小型养猪厂，从附中到大学，就是那么几个人一路读上来，慢慢膘肥体壮，谁是种猪谁是肉猪一目了然，毫无新意，让人无聊得想要尖叫。

他坐在常葶对面的桌子上，一双长腿几乎跷到她脸上，他问她说常小姐，下午我们去哪里消磨时间啊。

常葶埋头看书，对他毫不理会——男人就是这样，若是他已经黏上了你，那么最好就不要理他，你越是不理他，他就越黏你。

从附高一年级开始，她认识徐喧六年，徐喧追了她六年，到现在，已经追到他都不好意思再表白，不过徐喧不着急——美院那么小，朋友圈子也就是那么几个人，有主的都有主了，常葶不是他的，还能是谁的——想到这里，他干脆从桌子上跳下来，把一张脸凑到常葶面前，无比娇媚地问她说，姐姐，今天下午你到底想去哪里啊。

常葶暗暗在心里翻一个白眼，骂徐喧白痴，他们两个已经彼此熟悉到连对方今天穿什么颜色的内裤都知道，他还奢望她能脑袋突然被闪电打到然后答应做他女朋友吗，一边想，一边抬起头，对徐喧一笑说，我不知道啊，随便你——在心中念一声阿弥陀佛，人在江湖走，哪能不失手，买卖不成，仁义也是要在的。

那么，徐喧说，我们去看电影好不好。

老土！常葶在心里面皱了一千个眉毛，然后说，好啊，我要看动画片——在合适的时候表现幼稚是让男人不会发现自己原来是个白痴的不二法门。

他们去看《千与千寻》，在电影院门口居然遇见张子危，他穿一件米色毛衣，头发又长了一点，方芳在他身边挽着他的手，专注地吃一个香草冰淇淋。徐喧跑上去用力打了他一拳：你们是什么时候从贵州死回来了？

我们回来一天多了，张子危不紧不慢瞟他一眼，倒是你，死到哪里去了，家里乱得像战场一般，不知道又带了多少无辜少女回来摧残。

徐喧干笑两声，问他说，看电影啊。

方芳说是啊，《千与千寻》，看完了，好看。

于是常葶过去抢她冰淇淋来吃，她说来宝贝给我吃一口你的冰淇淋，你走了这么久我想死你了。

常葶在"半打水"里对我说到方芳，她说她很漂亮，漂亮得有点傻，不知道张子危怎么会和她在一起。

那么，你们算是情敌吗？我试探着问她。

常葶一笑，她说怎么可能，我们是姐们儿，好得很呢。她说拜托，和心上人的女朋友闹得你死我活都是80年代的肥皂剧了，新时代女性要善于深入敌后，打好深厚而广泛的群众基础。

你还挺有心计。我笑着说。

她再笑了，吐了吐舌头，她说其实她说不定也知道我对张子危有那个意思，不过女人嘛，撕破脸对骂那是泼妇的行为，再说要是让男人看见，还不都吓跑了。她说着叹了口气，一副忧国忧民的样子，谁让好男人越来越少，女人多不容易啊。

我不由失笑，眼前的常葶，一双眼睛在太阳下面黑白分明，无辜地噘起嘴巴一脸找人撒娇的架式，然后就开始和我讲起男人女人的故事了。

或许就是这样，可能男人会在关于事业的奋斗里长大，不过女人却总是从关于爱情的奋斗中开始成长的。

不知道是不是因为都是从附高念上来的，一群朋友里他们三个关系特别好，连租的房子也在一起，徐喧和张子危方芳分享一个一套二的公寓，常葶住他们对面。

常葶坚持独居，难以忍受回家以后也要接受别人气场的干扰，或者大夏天裸睡还要心惊胆战怕隔壁突然推门进来或者早上起来憋着一肚子起床去和人抢厕所之类的鸟事。

他们这栋居民楼是早年的建筑了，修在美院旁边，大半给美院的学生租了去，低头抬头都是熟人，兴起开个 Party 也是闹得锣鼓喧天，简直就是一大公害。

最大的公害自然是自封油画系第一黄金王老五的徐喧，一副世家公子的派头，活脱脱一个派对动物。张子危他们从贵州采风回来，他自然又要开派对，啤酒白酒搬上楼，然后所有的好事之徒都来了，穿内衣者喝酒，离家最远者喝酒，斗地主失败者喝酒，拒绝回答隐私盘问者喝酒，不喝酒者喝酒，庆祝国庆喝酒，庆祝离国庆十三天喝酒——徐喧永远都能想出各种莫名其妙的点子，反正就是喝酒喝酒，最后大家喝高了一起大声唱歌或者红着眼睛谈艺术，最后横七竖八在客厅尸体般睡下了事。

那天常葶喝得很多，到厕所里面吐了，外面群魔乱舞，一阵阵怪叫让她额头隐隐作痛。猛然有人递来一杯水，抬头看是张子危，他皱着眉毛看她。

知道自己不能喝酒就少喝点儿，跟着徐喧那个没长脑袋的发疯，一点都不会照顾自己。他低声数落她，一边说，一边伸手给她拍背，她想说什么，却一阵恶心上来又埋头下去吐了，边吐边想，完了完了，这下听天由命了——但凡在心上人面前出洋相的女人都只能听天由命，他如果心情好觉得你可爱，他如果心情不好认为你可恶，你就玩完了，这个时候怎么办，就只能哭着装可怜，再可恶再神经的女人，一哭就显得可爱了，再麻木再钢筋的男人，看见女人哭都要心跳一下——常葶刚刚这么想完，就哭了。

果然，张子危的手抖了一下，他轻轻叹口气，他说常葶你老是这么倔，认识你这么多年了，你就是这个死脾气，害死自己了都不知道，连哭都要喝醉了才肯哭。

常葶一句话不说，安安静静地流着眼泪，一口接一口地吐着。张子危站在她身边，端着水，一句话也不说，看着她吐。

突然又冲进来一个人，是设计系的袁晋谨，见马桶被占，就去趴在浴缸边吐，张子危走过去给他拍背，边拍边骂他说少爷你这一吐我们家以后谁还敢洗澡啊。

袁晋谨一边吐一边贫嘴，他说现代社会，谁还用浴缸洗澡，无非也就是你不能和方芳洗鸳鸯浴了。

常葶听见他说这个，突然又是一阵恶心，趴下去，狂吐了起来。

虽然一直附高同学，但是常葶却在一个破天荒小的学校中破天荒地到高二才认识张子危。说起来，他们都是从外地来美院念高中的，入学考试的时候分在一个考场，居然没有碰过面。

那一年她记得是徐喧过生日，非要她送礼物给他，常葶自己画了一张画给他送去。到了酒吧，只见里面闹哄哄的都是人，五光十色红男绿女。她一惊就下意识想要往外退，突然一个男孩拉住她叫她名字，他说常葶，你来啦，快进去吧。他不由分说拉着她向角落里的小包间走去，一双手又大又稳，骨节分明，天生就像是应该画画的，比常葶高一个头，瘦，平头，空荡荡穿着一件深蓝色酒红格子的衬衣，眼睛不大，脸上很干净。常葶一迷糊，莫名其妙地，就跟他走了。

后来知道他了，叫做张子危，学的是国画。

张子危转学油画把国画系老师气得哭天抢地。那一年常葶父亲过世，母亲给她留下一笔生活费后远嫁大洋彼岸。常葶从奔丧的火车上下来时是徐喧和张子危来接的她，徐喧走过来揽住她的肩膀，他说常葶，从此以后，你还有我。不要哭。

其实就是那样，男人往往喜欢自以为是，觉得他们应该是女人的保护者。其实常葶根本没有哭。她本来没有哭，但抬头看见张子危站在旁边看着她，一看见他的眼睛，她居然就，哭了。

徐喧一把把她抱在怀里，抱得她全身发痛，他说常葶你不要怕，还有我，有我在，你就不要怕。

徐喧就是这样，或者所有的男人都是这样，有时候他们对你好，只是因为他们想给，根本就不问你要不要，你要的人，到底是不是他。

那一年常葶十九岁，大学一年级，神情恍惚，眼神朦胧，在徐喧怀里，侧过头，动也不动，看着张子危。

她什么也看不清，因此并不清楚，他到底，有没有看她。

方芳是和她一个宿舍的，外校考进来的，人漂亮，一进学校追随者无数。

徐喧说他们都没品位，他说我一看见她就像看见沙丁鱼罐头，倒尽胃口。常葶笑。然后，莫名其妙地，她就成了张子危的女朋友。徐喧说还是张子危有品位，方芳多漂亮，我想追都追不到。

那你为何喜欢我，难道我是次品。常葶凉凉地，给他丢过去一句。

徐喧媚笑，他说哪里可能，常葶你多么好，什么方方圆圆，哪一个及你。

说不上不喜欢徐喧，只是张子危，张子危是常葶的一个劫难。那样干净的脸，那样的手，那样的格子衬衣，那样的高高瘦瘦，站在那里，那样的眼神，低低叫她一声，常葶。她就醉了。

美院的人都觉得常葶冷淡，其实她只是慵懒，在美院待久了，天天看着同样的建筑物，同样的人，觉得时间都比别人慢了好几倍，她什么都是懒懒的，徐喧追她，她懒懒不去拒绝，喜欢张子危，懒懒地不去表示，父亲去世，母亲离开以后，她变得更加慵懒，整个人迷迷糊糊，似乎把自己封闭起来，随便世界怎么变，她总之就是那样。

等到张子危突然有了女朋友，常葶才惊觉，原来她那么爱他，爱得离开了他，就难以呼吸。

都说男人贱，其实女人也是那样，失去的，才知道心惊，才知道，原来自己是那么想要。都是孩子气。

他知道你喜欢他吗。有一天我问常葶。

她扁扁嘴——不知道，反正我没说过。以前不知道说，现在有了女朋友更加不能说，他若以为我是那种挖墙脚的女人就不好了，现在这样，只能慢慢来，只能让他开口，我不能说。

我呵呵地笑，我说常葶，其实你还是想挖墙脚。

她说是啊，但挖墙脚的最高境界就是不动声色，就是你挖了墙脚还没有人知道是你挖的，还当你是三角事件中的受害者，她摆了一个无可奈何的受害者表情，接着说，比如说吧，如果张子危和方芳吵架，我一定劝他们和好。无论在什么情况下，装好人装通情达理总是没错了，更加反衬你对手的无理取闹。

她说我告诉你，我决定买一只猫。

为什么。我问她，你喜欢吗。

她摆了一个不知道的表情，说，还可以，就是猫毛乱飞的。

那为什么要买。我好奇了。

张子危喜欢。常葶说。

为什么？

直觉。她女神一样眨眨眼睛，再说了，一个喜欢猫的女人，总不会显得讨厌——男人如果说你像猫，他一定是夸你。如果他说你笨，那么他不但是夸你，甚至就开始对你有意思了。

那么，张子危说过你笨吗。我笑着问她。

没有。常葶落寞地回答。

常葶的猫叫阿喵，名字是徐喧取的。自从养了猫，徐喧和张子危都更加喜欢过来串门了，徐喧一进门就大呼小叫，阿喵阿喵，你妈妈呢，快过来，给爸爸抱抱。

而张子危，默默进来，丢一袋猫粮在那里，摸摸猫的头，问常葶说，它是不是又爬电脑了。

　　方芳也要给它买东西，好看的彩色小球或者别的什么，还带着它去上课，每天亲来吻去，一时间阿喵成了所有人的宝贝。他们五个一起，去爬山，烧香，画画，泡吧，他们都成了它的爸爸妈妈——最可怕是给它洗澡，四个人围追堵截，搞得和战场一样，有时候还要请人帮忙，把它按在地上，累出一身大汗。

　　阿喵不见那天方芳回城北看爸爸妈妈，徐喧不知道到哪里欺骗小姑娘了，常葶急急忙忙，去敲对面的门，张子危开了门他说常葶怎么了，出什么事了。

　　阿喵不见了。常葶很着急。他们打电话问方芳，方芳说没见过，徐喧的电话打不通，于是两个人就出门去找，天色要黑，他们打着电筒在美院的大院子里找，阿喵阿喵一声声叫。

　　常葶叫那只猫的名字，叫着叫着声音就开始发抖了，她很没用，也很软弱，很多坚强都是装出来骗自己和别人的，她叫它说阿喵你在哪里啊，别让妈妈着急。

　　张子危给她打着电筒，接口说，阿喵你快出来，你妈妈着急了，再不出来，爸爸打你屁股了。

　　说完，愣了。

　　常葶心乱如麻，千般计策万种玲珑都消失无踪，半晌，很驼鸟地说，你不要学徐喧说话——说完就想咬自己舌头。

　　男人啊男人，她在心里骂，最聪明的男人也有愚蠢的时候，最愚蠢的男人也会聪明一下——其实最笨的不是张子危也不是别的什么人，而是常葶自己，那么爱着他，还不够笨？

　　夜色半暗，听见张子危低低问了一句，你是和徐喧在一起吗。

　　常葶差点晕了过去，没有，当然没有，地球人都知道的事情你还问。

　　哦。他慢慢地，空空地，应了一声。

　　这一个哦字差点把常葶闷死，姓张的，你有种！她在心里骂，一边骂，一边伸手去拉张子危的手，她说张子危，你问这个干什么——拉着他的手，晃着——我就不信，我就不信！她在心中狂喊两声。

张子危的手是那么大而温暖，一把，把她的手握住了，他说常葶，你的手，还是这么冷。

常葶面色无辜地看着这个男人，眼神空洞，她本来是应该笑的，应该大笑狂笑她终于挖到墙脚，但是却什么也说不出来，她只是觉得委屈，很委屈很委屈，委屈得，眼睛都湿了。

他说常葶你别哭，抽手出来想去擦她的眼泪，却硬生生停住了，他半开玩笑地说你别哭，美院这么八卦的地方，你这一哭，我就身败名裂了。

常葶嗡的一下，什么都懂了。

是徐喧把阿喵送回来的，这男人带了阿喵去哄他新认识的小妹妹开心，也不管有人肝肠寸断。

常葶问徐喧说，徐喧，你如果真的爱上什么人，你会告诉她吗。

徐喧说当然常葶，你怪我不够爱你吗。

常葶凉凉抬头看他一眼，她说你别开玩笑，我说真的。

你若爱上什么人，你会告诉她吗，什么也不管，就告诉她，你喜欢她。

徐喧沉默一下，然后说，会的。

常葶闭上眼睛，想说什么却始终没有说出来，她是知道的，徐喧会的，但是张子危却不会，那个沉默隐忍甚至有点木讷的张子危。他就算真的爱上了她，也不会告诉他，因为他不敢说，他就是那样的，他不会说的，就算他真的爱她，甚至像她一样，爱了很久，他不敢的，他不敢——但谁知道他是不是爱她，谁知道？

突然有人伸手摸她的头发，睁眼一看，是徐喧，徐喧说，常葶，你算了吧，张子危是不会爱你的。

常葶脸色一白，笑了，说，你说什么疯话。

徐喧一笑，他说常葶你以为我真的不知道，这么久了，你老看着张子危，你对他女朋友好得那么故意，张子危住这里，你也搬来，张子危说喜欢猫你就买一只，你以为我真的不知道，你以为我不知道你看他了吗。他顿一顿，不容常葶说什么，又接着说，不但我知道，方芳也知道，张子危也知道，我看，差不多全油画系的人都知道了。

常葶的头都裂了，她说，你骗我。

徐喧几乎是宠溺地摸了摸她的脸，他说我骗你干什么，你这个小姑娘那点小心眼谁不知道。我们三个都说过这事了，张子危说他不喜欢你，你就算了吧。

你们三个？常葶呆呆地问。

我，张子危，方芳。徐喧答。

常葶难以想象，他们三个，就那样坐在那里，怎么说，怎么说了，说了她所有的，所有的曲折难明。张子危和方芳还说，徐喧，你若真的爱常葶，就认真一点追她——夫唱妇随，深明大义。

徐喧坐在她对面，一字一字地把这些都说给她，他说常葶，我们都认识这么多年了，你怎么这么拗。

常葶还是呆呆的，于是又问了他一个蠢问题，她说徐喧你爱我吗。

他笑了，他说，可能吧，那时候我们还小，我真的喜欢你常葶，你记得吗，你爸爸过世那次你哭我在车站抱着你，我真的喜欢你，可是，你看，我们认识都六年了，六年，他顿了顿，又笑，他说，算了吧。

常葶跑到这里来给我讲这些事情，语气平静，她说你上次的问题我倒是记起了，张子危从来没有说过我笨，只是有一次，他对我说，常葶，你太聪明。

她说男人真怪，老是说反话，他们喜欢你，就说你笨，不喜欢你，偏要夸你聪明。

我也笑，我说那后来怎么了。

后来？常葶笑，那之后几天喝醉酒了狠狠打了张子危一个耳光，搬走了，算了。

我不由一惊，猛兽一样的常葶，她还小，于是那么爱着，血淋淋的，连着血带着肉的痛。

还是朋友吗。我问。

还是朋友。她说。顿了顿，她又说，张子危真的一点也不喜欢我吗，他不喜欢我，为什么拉我的手，为什么说那些话。她看着我，苦恼地皱着眉毛，漂亮极了。

那天晚上我们去小酒馆听演出，台上的贝斯手帅气万分，常葶爬到桌子上连连跟着唱歌，大声叫我爱你！我爱你！

我不知道她爱谁，每个女孩都有这样一场自以为是机关算尽却草草收场的恋战，唱尽了戏，演完了暧昧，却不敢问一句，你爱我吗。

你爱我吗。

是的。或许。一瞬间——所有的爱情，都是浮光掠影，一场温暖幻觉。

作者简介
FEIYANG

颜歌，女，真名戴月行，1984年出生。在《萌芽》等刊物发表文章。出版有小说集《马尔马拉的樱朵》《良辰》《十七月葬》《桃乐镇的春天》，长篇小说《关河》《异兽志》《五月女王》等。（获第四届新概念作文大赛一等奖）

十分钟后的世界 ◎文/范书铭

　　春日将近的一个早间，太阳很暖，没有雾气的羁绊，它终于回到温情的步调上来。光线弯弯曲曲地滑下百叶窗，我的猫影子很长，它有一只灰耳朵和惊悚的脊梁。我坐在床上打理所有冬衣，就在昨晚我脱下长风衣睡觉的时候，旗打电话来说，你能想象吗，我这边雪都还没融尽。我想他比我更需要它们，该寄给他。我们很远，相隔了十个纬度，就是这样才更该给他。

　　我的眼前突然一黑，在我还没完全反应过来前，黑桃已经蜷身睡在了窗台上的针织衣上了。那件黯红带有细小纹路的衣服还是我十五岁最后的礼物，时至今日，对我而言已经太小了，然而对黑桃还是很大的，它在其中可以轻易埋住头藏住脸。无意间它伸腿碰到钟，它完全没有意识到，那个滴答作响的家伙显示的信息是如此重要，这一年这一天每一刻以及往后无数个每一秒都对我如此重要。我的思维突然活跃起来，在我记忆里所有场景都得到很好的归位，像散落的珠玉因为一条线重新井然有序。

　　快完了，在那之后便是新的开始。

　　在我生命里，无数次经历这样的场景。请不要睁眼，用听就好。刷刷声，铅笔尖划过纸张声最为尖锐；有水滴声，那是画完水粉后湿漉漉的画笔；油画铲的呼吸最厚重的。并且如果你足够仔细，用听已经能全然了解画的全貌，构图、色彩甚至趣味。再有就是画板后面的呼吸声，没有人说话，绝大多数，因为据说艺术家是极少需要交流的，创作时只需要索取的眼和心就足够了，其余感官都该退化。即便如此，你仍能发现一些东西，前提还是你足够细心，你会觉察，那短促，那绵长，那细软，那失而复得的平静分别属于谁，谁又对这一行是热爱是痛恨是艳丽是决绝。

我摊开属于我的画板，却完全没有再作画的心思。简单说来，我只是想取走它，仅此而已。

那上面有我的涂鸦，用我所拥有的所有颜料和想法。那上面有我画的大门乐队的现场演出，David Bowie 一如既往消瘦的脸庞，BOB迷人的喉头。尽管我也临摹过丢勒、艾斯韦索的作品，尽管画的都是大师名作，我却远不是大师。老师的批评只对那些我们没亲眼见证的音乐现场有所收敛。

在我翻到昨天我随笔写下一句话的那张白纸上，很高的日头正好照耀那个一直以来困惑我的问题，话不长，也可以说有些短：十分钟以后的世界。

现在这个问题不再困惑我，至少心里有了决定，反而另一个问题填补了那个问题，造成一种新困惑。谁动过我的画板？

在空白处，有人用娴熟的技艺在那里补充了一张堪称动人的水粉画，没有什么构图，只是色彩，在嫩绿布景下的曲线和直线，此外一个字的说明也没有。在此之前我从没料到除了例行公事外还有人会翻开我的画册，更不能想象我画笔以外的东西会在上面诞生。

我警觉地抬头，环视四周，想从那些画板后面的面容里获取蛛丝马迹。这是徒劳的，我只能获得刷刷声和群体交错的呼吸声的信息。我在这里没有朋友，没有聚会，应该只是恶作剧吧，不过是颇有心思的恶作剧罢了，因为我喜欢那画。徒劳搜索完，便是很多的无奈，如果在以往稍微结交一个朋友，现在就能把目标完全锁定在那里，走过去说我很喜欢。

猛然一想到这可能是最后一次了，就觉得很有必要再到露台上再去抽一支烟。我拉开门蹑手蹑脚出去，闭合，一切如初。

我抽过很多烟，在这个屋顶露台的角落里，在肺还没有完全适应都宝的时候，我已经迫不及待地抽上 Black vanilla 了，上升的烟雾随着气流能去向很远，至少是我视线尽头，再成为别人空气里紧密无法割弃的一部分。黑香草的劲很足，恍惚中，我听到火柴划过擦皮声，那一刹耀眼的火光足以使我看清那人的脸。

在看到我惶恐的脸后，那家伙若无其事地向这边靠拢，在很远位置，以旧识才有的礼貌口吻说："只有这么一根火柴了，待会儿再抽只好借你的了。"

我嘟哝了一句："请随意。"

有那么一会儿，我们都没开口，并排默默对付着自己的烟。我眼前是其他建筑，而我试图看到更远，直至雨林，直至河流，直至另一片城市。

后来听到她说那画出自她的手笔后，我才回到眼前，并暗暗心惊。她只是轻描淡写地说了句"私自动用别人东西，无论如何还是说一声才好"，可在我这里的效应却没那么简单。

她几乎与生俱来就该是赞美的宠儿，在我看来，至少握住画笔时如此。我不止一次听人说起她的画如何如何，我从来没有被画者说过一句哪怕"有点意思"这类的话，我理所当然地认定大家对于赞美是吝惜的，可是再吝惜的人在她那里总是很慷慨。作为典范，我也不止一次看过她的画，仍不能摆脱为那种强势美感折服的状态。或者现在不如说，得知是她的画后，觉得安心，这怕是最好的结果了。

"斗志不足嘛，刚来就不安心，跑上来躲着抽烟。"抽到一半，她笑着说。

"因为很意外，看到那画，更意外你也会抽烟。"的确，她抽烟的姿势绝不像一个新手，而是驾轻就熟的沉稳。我在脑海里极力思索一番，没和她有过交情，甚至没说过话，所以理所当然按照她的甜美面容认为烟这种极具蛊惑的事物与她并不沾边，所以真是有些吃惊。

她笑了，很释然，仿佛理所应当，又或者在说不该轻信表面。

"那待会儿下去，你会画什么呢？昨天大家走后，我仔细看过你的画，很是期待。原谅我，没得到允许，在没人时，干了些随心所欲的事，太不应该了。"

我有些受宠若惊，很想顺着她的思路接下去高谈阔论，而我只是道出实情："什么也不准备画，拿画板，如果逮准机会还想把蒙果骂个狗血淋头，他根本不懂画，老是对我指手画脚的。这些就是我今早出门时想的全部。"

"你要换画室？"她的警觉比我预想要快很多，一下就听出问题。

"算吧，其实，我想换城市。"

"去深造，去北京，去格拉斯哥，去巴黎那些艺术之都？"

从一开始，我就不认为抽烟这一行为符合她的气场，这样严肃的提问才该属于她，终于她和我对她的印象叠合在一起了。"每个人想法不同吧，我要去的地方绝不是什么堂皇的艺术之都，大和小都没关系，只要潮润温暖就够了。"

"不学画了？"

"是这样，但画的会是我喜欢的，不得不画的。比起画画这事，去那里更为紧迫得需要我去实现，简直就是'命运之约'这类性质的。"

"'命运之约'这个说法似曾相识来着，是说爱情吧？"她用疑惑的口吻说。

"或许是，在我这里功能放大了，有了更地道的用途。"

"离家出走性质？"她依然不折不挠追问不停。奇怪的是，我并不反感向她做必要的解释，时间允许，深入攀谈也不是没可能的。

"没有那回事，父母在我十五岁那年双双去世，因为车祸，所以我只对自己负责就好。"

"对不起。"她轻柔地道歉。

"没关系，过去很久了。"老实讲，被迫提起这些我并没有多少不快。

很快，她的烟就抽完了，她并没有向我借火再点。我习惯性看了时间提醒她，昨天蒙果说过要例行画作赏析，而她是主角。如果蒙果知道得意弟子在屋顶抽烟，又是跟我这样毫无用处的闷小子会是什么反应呢。她也频频看表，有些焦急。她说很想跟我说一会儿话，同时又不想让大家空等。最后还是她想出两全其美的办法，我按捺一下，先别离开画室，等她做完那个无关痛痒的赏析，下个课间大家再回到这里抽烟说话。最后她央求我千万别对蒙果发作，并奇怪地来了句"这是我害怕的局面"。

"我相信画是有自己表达的，甚至超出画者的掌控。"我坐在画板前看着不请自来的画昏昏沉沉地想。出乎意料的是，这正是这场公式到不能再公式赏析的开头。我就听了这么一句话，往后的靠想象也能自行补充，我全神看着正对的画，一直看，反复看，最大限度地揣摩溢出纸框的信息，直至筋疲力尽，仍没有丁点头绪。

稍后蒙果作了一个绵长的补充，有模有样，看到他大幅度晃动那颗所谓艺术家的光亮头颅时，我有种失声大笑的冲动。

"如果底色是红色的就好了。"重新回到露台后，我把研究结论告诉了她。

她还是只是笑，晃着夹烟的手什么也没说。远处发电厂雨季后烟塔重新尘雾浓浓，她指着那个方向。

"嗯？"

"我喜欢到这里抽烟是因为能看到那里，源源不断的神奇。"

"哈哈，这个世界上神奇的事总是源源不断的。举个我看到的例子，你居然也会是蒙果的学生。"我双手背靠着护栏这样说。

"怎么说？"

"不怎么说，只是我个人感觉你水平比他要高很多，在你面前他倒像是个刚入行的新手。"我衷心说道。

"谢谢。"她的笑容只维持了很短,"不过那终究是老师呀。"她说着这话时,我一没留神小声打了喷嚏,在指缝间隙我瞧见她悄然打量我一身短打扮,她哪知道那些衣服已经在纸箱里,在列车上,在行进中。于是我说:"我一直不习惯这里的气候。"

"去意已决?"

"是的。这里相当程度有我一段不愉快经历。"我说。

"这么说,那边的生活都安排妥当了?"

"也不算。只是先过去,一切重新开始,自然而然。"对于南方我相较她而言该算是阅历丰富,断断续续有近十年生活体验,尽管只是在记忆里。我也曾把前程设想得无比黯淡,可那种熟悉感总能适时鼓舞我,使我对未知满是期待。

她耸耸肩:"那地方我可一次都没见过,想象不出那城市,也不知道植物的颜色。"

"有机会亲眼瞧一瞧比较好,别人说来总觉得不是常规途径,这种事。"我已经在点第二支烟了,并向她推荐了我抽的黑香草,为她点上。她深深吸了口,隐隐显出怎么这个味道的神情。

"可我得画画,一直一直不停,进更好的美术学府,进好的工作室……或许有具体上的出入,但父母安排的人生大致就是这个样子。画个不停,像支始终保持尖度的铅笔,只要还有被握住的长度就没有停歇的机会。我的人生回旋的余地可没你那么大啊,也可以说完全不同。我想去看北方也好南方也好,意愿是一回事,外部运转又是另外一回事。"

我点点头赞同她的说法,然而,这件事我赞同的立场完全站不住,因为我从来没觉得失去父母换来回旋余地是件地道的事。我也使劲儿吸烟:"以前从来没见过你,在这上面?"

"那是因为你都是上课时出来,我是课间。时间正好错开。"她带着发现重大成果的笑意。

"那倒完全可能。"我笑得比她更开心。

她注视着我，我不看她也感受到了。"你是我认识的第一个准备一声不吭走掉的人。"

"那是我的梦，从内心从毛孔从骨骼都盼望着。"说出这句话后，我顿时轻松不少，仿佛有些事存在的价值之一就是让另外个体听到。

我们有那么一会儿没说话，各自吸烟。如果谁抽完了就默默再取一支，时值正午，远处发电厂的排放已经是最大功率，我们的肺也一样。靠在护栏，实在太累，就蹲在地上。我看到我的猫黑桃出现在平台的另一端……不，是另一只体型略小的黑猫，在那里踱来踱去，看上去应该是只误入此处的野猫。于是我开口："你喜欢猫吗？"

她也顺着我的视线看到了它，她说："无比喜欢，可是一直没机会自己养一只，在这方面我有些迟钝。"我笑得很开心，很快我意识到她可能将这理解为我对她的嘲笑，做出了解释。

"我有一只和你所说的脾性很对路的猫，不太机灵的猫，吃喝打盹，其余的事一概漠不关心，打出生就没受过一只猫必备的教育，压根就不知道撒娇是怎么回事。"

"那不是挺有趣。"她眼睛闪过一丝光。

"嗯。有时候我都恨不能摇着尾巴祈求它至少对提供食物的主人热情些。"

"想见见，这只了不起的猫！"她这样说。

少顷，那只不知从哪里冒出来的猫又不知消遁于何处了。"我想把它送给你，你们一定会投缘，而且不麻烦，即便是个冷漠十足的家伙也有不少可取之处，爱干净，无抓扯的不良嗜好，这点就让我颇为欣赏。"

"为什么不带它一起上路？"

"每一种事物都有适应其的环境，作为个人来说，这种感觉再熟悉不过了。所以我得回南方。"我踩熄就快燃尽的烟蒂。

我把黑桃高高举起来，它并不领情，发出我一直以为鸽子才有的

"咕咕"声，老不乐意想挣脱。一面之缘的天台朋友却很满意，表示这就是自己一直想要的猫。事情敲定后，喝着冰箱里仅存的饮品，在沙发上她突然问我："为什么不把它托付给更值得信赖的朋友。"

我想了一会儿，还好这个问题并不算难。"它是猫，总不好像衣服书籍唱片一样寄出去吧，邮局不收。"

"朋友都在很远？"

"那可不一般，是很远。"我狡黠说道。"再说，黑桃是本地猫，也不懂别的地方猫的方言；再者，我们现在该算朋友了，无论怎么看。"

"朋友？"她机械地重复了一遍，使人觉得她是在重新掌握这个词汇的意义。我记得我有过一张碟，现在我很需要它。该装的东西都已经各就其位，有些吃力，于是只好化繁为简，轻声哼唱出我认为对她有所帮助的那个小节，"我们是互相点烟的新朋友……夏天悄悄过去，有了小秘密……秋天过去了，还有点记忆。"

她抱着黑桃，从头颈一直到尾部末端感受着新鲜触感，说："跟着我回家。"

临别前，我告诉她我很喜欢她留下的画，她带走了黑桃和根本无法带走的一些我的画。我没有同她解释那里为什么会有那么大片的红，我猜，她和我看到的热带是同一种颜色。在没有灯没有窗的昏暗楼道里，她抱着画和黑桃问我，可以保持联系吗？比如写信。看样子很是认真。我收紧肩包带，最后为她点上支烟。

"我想不必了，至于会怎么样我也没把握呀！"

"对，干干净净不拖泥带水地走。"她幽幽地说。

"那我能问个事吗？"从得知是她留下画后这个问题一直萦绕在我脑际。

"请讲。"

"对于'十分钟后的世界'有何看法？"

我坐在机场候机大厅，离登机还有不长的一会儿。环顾四周，皆是接受方向默默支配井然有序的人。我掏出怀里的手机给旗发了一通"注意接收衣物之类"的信息。然后整个身子沉在椅子上用力回想发生在这里的事，一年一年，一天一天，一时一刻。作为人生某阶段的精炼总结也未尝不可，我不喜欢这种感觉，而此时伤怀的情愫却是真真切切。

我盯着墙上巨型电子屏幕看得出神：还有六个小时艰难的四月就正式来临了，相较往年并没来得更早，也不显得更晚。

登机前夕，旗的回复始终没来，是我说过太多次，使他觉得迟早那就是我的归属？却接到我最后认识的天台朋友的短信，我一下想起了黑桃。"'十分钟后的世界'这说法我很喜欢。虽然不知道你是怎么看待，但我想十分钟后，一睁眼一切都不同了。"

我用最快的速度回复："谢谢！"机场工作人员和蔼提醒最好关闭手机。

就那一会儿新消息又进来了，很简短："看那张画，右下角。"

我顾不得旁人的眼光，在队列中取出那张画，下方写着十分钟后的世界的画，我很用心用心地审视，在画的线条里发现了"梦境"两字。

又一次工作人员向我理性而不失礼貌地提醒手机问题，我当着她的面关了手机，放进包的最深处。

我突然变得惶惶不安，我怕她对我说"带我走吧"。也怕自己情不自禁向她发出命运之约"请跟我走"。

作者简介
FEIYANG

范书铭，男，80年代生，重庆文艺青年，在《萌芽》《青年文学》等发表文章。（获第六届新概念作文大赛一等奖）

我与金毛寻回犬先生的一天

◎文 / 杨雨辰

2009 年 3 月 26 日早上我没有定闹钟，韶华的电话也没有一如既往地打来叫懒猪不要睡了，让我赶紧起来刷牙洗脸。于是我就一直昏昏沉沉地在梦里面梦到了一只漂亮健硕的金毛寻回犬，我牵着它逛街。然后就是在这个时候，我接到了金毛寻回犬先生的电话，我想当然地以为我是在做梦。

金毛寻回犬先生的声音很沉稳，但发不出标准的平翘舌音，以及前后鼻音，它用模糊的非人类的非普通话向我道了晚安之后，又立刻向我道歉说自己的人类语还不够熟练，现在应该是早安吧。

我躺在床上左手抓着电话，右手努力掐自己的大腿，掐得自己热泪盈眶。我的眼泪伴随着金毛寻回犬先生在听筒那头砸吧嘴吞口水的声音，从左眼眶涌出，汇聚到右眼，又一粒一粒砸在枕头上，发出扑簌扑簌的声响。

金毛寻回犬先生的听觉与嗅觉果然很灵敏，它说你怎么哭了。

我连忙说没有没有。

金毛寻回犬先生说它要带我去朱家角。我们约在人民广场见面。

我急匆匆地起床洗漱，慌乱中把洗面奶挤到牙刷上，刷得满嘴都是油腻的怪异味道。然后我擦干脸，往脸上拍了柔肤水,抹了佰草集的日霜。近几天皮肤状况不很好,就没有化妆,只是涂了点唇彩。我自欺欺人地想着这样可以阻止我的食欲。我已经两天没有吃饭了,我在减肥,因为韶华的一句话,他说他喜欢瘦得只剩下一大把骨头的女孩子。我一边恶狠狠地说那样的女孩子抱起来像骷髅多硌得慌,一边努力地克制自己想吃肉想吃甜食的欲望。

从徐家汇到人民广场乘地铁只要二十来分钟,所以我很快就到了目的地。

我给金毛寻回犬先生打电话,它说今天从上海动物园出来就一直在堵车。

我说好吧,我等等你。

于是我到广西北路的"HEYA摇茶"给我们买饮料。我给自己买了一杯芒果冰沙,我站在柜台边上想了半天金毛寻回犬先生会比较中意哪种饮料,服务生的表情厌倦且嫌恶,她不耐烦地问我:"你到底要什么。"我最后决定给金毛寻回犬先生买一杯茉莉花茶,我叫服务生不要放糖了,因为我以前看到书上说狗不可以多吃糖分高的食物。

在服务生用搅拌机打碎芒果与冰块时,我坐在柜台边的高脚凳子上,翻看一本时尚杂志。那本杂志厚得足可以夹死一只成年蟑螂。彩页中的女人们化浓重的彩妆,眼影赤橙黄绿青蓝紫,摆出暧昧挑逗的眼神,嘴角一抹若有似无的微笑,固定好了妖媚的造型。她们早已修炼成精,为祸人间。

我正提着装茉莉花茶的塑料袋往人民广场走,就接到了金毛寻回犬先生的电话。它说它到了。我跟它说我马上就到。接下来的几分钟后,我就在来福士广场门口看到了金毛寻回犬先生。

我一直都很喜欢金毛寻回犬,所以一眼就从人群中望到了金毛寻回犬先生。它蹲坐在离地铁站出口不远的地方,表情严肃平静。见到我来,金毛寻回犬先生就冲我摇摇尾巴,把舌头吐出来对我微笑。我想这是狗类表示友好的方式。我家养的那只小腊肠犬开心的时候也常常掀开嘴唇,露出参差的狗牙对我笑。

　　我把茉莉花茶递给金毛寻回犬先生，它用两只后腿支撑自己，站了起来，平衡保持得很好。我帮金毛寻回犬先生把吸管插到杯子里，它就两只前腿捧着茉莉花茶喝得"滋滋"响。很快，它就把满满的500毫升的茉莉花茶一口气喝完了，吸管被它咬得扁扁的。然后金毛寻回犬先生忧伤地告诉我，它前一天失恋了。

　　我说，哦。

　　金毛寻回犬先生带我过了一个天桥，它用四只脚走路，走得很快，我基本上要小跑着才能跟上它的步子。路上有讨饭的老太婆找我们要钱，金毛寻回犬先生好心地给了其中一个零钱，然后一路上就一直有老太婆找它。我心想看来这只狗还不懂为人处事的道理。有些人，总是对别人索求无度的。他们摆出可怜兮兮的样子，其实并不可怜。

　　我们到了沪朱专线的公交车站，车就停在那里，我和金毛寻回犬先生坐了上去。车上人并不多，但是空气很不清新。我坐在金毛寻回犬先生的边上，它背上的毛很柔顺，与我的胳膊摩擦了一会儿就起了静电。我们相视而笑。但是金毛寻回犬先生的眼神落寞并且悲伤。我抱抱它的肩膀告诉它没关系的，我也经常失恋。金毛寻回犬先生对我轻轻摇摇尾巴，舔了舔自己的爪子，又用后腿搔了搔耳后。

　　金毛寻回犬先生告诉我，它的女朋友是一只拉布拉多犬，有很漂亮的短毛，金毛寻回犬先生闭着眼睛说，那太迷人了，真的。拉布拉多犬小姐的眼睛很大，很明亮，它爱吃动物肝脏，所以背部的毛也有金属的光泽。它们在一起五个月，可三个月前动物园来了一只藏獒，拉布拉多小姐就被它吸引了。这件事情一直瞒着金毛寻回犬先生，可是拉布拉多小姐的肚子越来越大，它昨天不得不对金毛寻回犬先生坦白，并且告诉它，它已经和藏獒做好了迎接小宝宝们的准备。于是金毛寻回犬先生只好选择了默默地退出，它并不想跟藏獒单挑，绝不因为它不是藏獒的对手，而是觉得即使赢了也是徒劳。金毛寻回犬先生说，我输了小拉，就算赢了全世界又如何。

　　金毛寻回犬先生痛不欲生，于是今天早上打电话给我，要跟我一起去朱家角。手机是它捡到的，只是在通话记录里随便按的。我想大概是 A 君的手机，他说他前两天陪女朋友去上海动物园把手机弄丢了。

公交车司机开车技术很差，车身一直摇摇晃晃，晃得我几度想要呕吐。天气很不错，阳光透过窗户斜射入我的眼睑，我看到的一切都是金色的。车窗外的树渐渐变多了，房子越来越矮，我们逐渐驶离市区。

路上我们就没再说话，金毛寻回犬先生把前腿搭到我的腿上，下巴枕在上面。我把头枕在金毛寻回犬先生的背上，软软的都是阳光的味道，我觉得很舒服，还睡着了一小会儿。我们一人一狗就是这样用奇怪的姿势一直保持到下车。终点站朱家角。

我是在北方一个沙尘暴肆虐的城市长大，空气干燥，房顶都是平的，很少有机会看到这样尖尖的房顶，屋檐的四角要翘上去。整片整片的小区都是这样的楼，我甚至还看到了一幢楼上有白底红字的肯德基的标志，这让我很是纳罕，我还从没有见到过这样的肯德基招牌，没有肯德基爷爷的头像。

金毛寻回犬先生问我饿不饿。我说暂时还不想吃东西呢，我们到镇子里面先走走好了。金毛寻回犬先生说好。

我们走的本镇居民通道，混入当地人的行列进入朱家角小镇。金毛寻回犬先生感到局促不安，四肢迈错了步子。我说不要紧的，我们不会被认出来的。果然我们畅通无阻，当地的土狗还淡定地看着我们，跟金毛寻回犬先生点点头。

我就真的看到了白墙青瓦的小房子，临水而筑。有木质的船漂在水上，船夫时不时划两下桨，船就缓缓地顺流而行。堤岸两边的柳树已经发了绿芽。金毛寻回犬先生说，似乎闻到了夏天的味道呢。花粉飘散在空气中，又被我吸到鼻子里面，我有轻微的花粉过敏症状，于是我就不停地打喷嚏，金毛寻回犬先生看着我微笑。

我和金毛寻回犬先生路过一座叫做放生桥的地方，它说这个地方是放生金鱼乌龟的，不过似乎那些条金鱼啊和乌龟都是被循环利用的，放生了再捞，捞起来就继续被放生。说话间就有一个老太太拎着几个塑料袋过来了，向我推销她的金鱼。她说放生一套全家福五块钱，保平安的。我说那我买一套好了，递给她十块钱。她又继续说，再加三块钱拿走两条代表发财的金鱼好了，我看那对金鱼真是伶俐可爱，就说好吧。她还是没有停止，又跟我说这一条白鱼是代表白头偕老的……我说那十块钱你不要找了，把你手上的鱼都卖给我吧。老太太兴高采烈地把两只手提的六七个塑料袋，一共二十来条鱼都给我了。我说你不会在底下放个网，我刚放生你就把它们捞上来吧。老太太说不会不会，绝对不会。走之前，她一直对我说祝你一生平安幸福。

我和金毛寻回犬先生来到河边，我蹲在临水的小台阶上，台阶下面长满了青苔，我让金毛寻回犬先生帮我拎着那些塑料袋，它把尖尖的嘴巴伸过来，示意我挂到上面。我问金毛寻回犬先生要不要放生金鱼，它小心翼翼地说不用了，塑料袋里面那些被老太太赋予了美好愿望的金鱼随着它说话的频率轻轻地晃了晃，金毛寻回犬先生就缄默了，唯恐它们流出到岸上。

我最先放的是两条橙色的金鱼，我也忘了它们是代表健康还是平安了，我就看到两条金鱼在塑料袋里稍微挣扎了几下，就游到深处去了，隐隐约约还是能看到几尾橙黄的颜色。然后我把空塑料袋放到旁边的船头上。接着放生那两条红色的金鱼，我记得它们是代表财富的，可是第二条却不幸在塑料袋里面搁浅，半天游不出去。我惊叫着，不停地往塑料袋里面灌水，它总算是出去了。我伤心地对金毛寻回犬先生说，看来我将来财运不济啊。那一尾白色的金鱼，据说是代表白头偕老的，我看到它身上的鳞片已经残缺不全了，于是我在想这是身负了多少人的白头偕老的愿望的金鱼，不知道是因为不堪重负还是被人多次打捞起来，成了那样惨不忍睹的模样。把手伸得远远的，希望它也可以游得远远的，肩负着我们这么多人的愿望，沉到水底。最讶异的是那群鱼里面竟然还混有两条泥鳅。我把它们放生了以后，还有一条不停地往我的方向游，差点搁浅在岸边的台阶上，被我送了回去。其中一条金鱼也是不停地浮出水面往回游，被我挥手赶到水深处去了。金毛寻回犬先生说它们都通了灵性了。其实我也愿意这么相信，而不是觉得它们只是由于缺氧才那样。

一只猫蹲在桥的台阶上，旁边还放置着几橡破旧的窗户。它看到金毛寻回犬先生不害怕也不逃跑，就蹲在原地抬起头朝我们叫。虽然是逆着光，猫的瞳人依然被照射成了枣核状，它眯着眼睛，耳朵偶尔动一动，将尾巴藏在身后。我翻了翻包，除了纸巾和钱包，就没有别的什么了。金毛寻回犬先生用鼻子嗅一嗅它，如若是平常的猫，一定会弓起身，竖起背上的毛，露出猫牙"嘶嘶"地叫。可是那只猫却不害怕的，还异常温顺地"喵呜喵呜"着。这是我见过的一只很神奇的猫。不过金毛寻回犬先生也是我见过的一条很神奇的狗。

朱家角有很多这种类似的桥，从桥上过，你总可以看到青瓦白墙倒映在水面上，偶尔有一两条鲫鱼或者金鱼从水面跃上来。巷道与巷道之间隔着水路，潮湿阴仄的地方多处生了苔藓，我想夏天一定会招徕许多不明品种的小飞虫。金毛寻回犬先生鼻子一耸一耸的，它说它有花粉过敏症。然后作出要打喷嚏的样子。

我们在路边的一个小店吃的饭，金毛寻回犬先生点了两个素菜，还有一盘四只稻香扎肉，用粽子叶包起来的肉，鲜香无比，我咬了一口，油就从嘴角边哗哗往下流，我夹起一只送到金毛寻回犬先生的碗里，它说它今天不要吃肉，偶尔吃素也很好，它衔起一根青菜吃得津津有味。我将一盘肉，金毛寻回犬先生将一盘青菜吃掉以后，我们重新回到石板路上。

路上我又买了一只粽子，吃得满手黏糊糊的，觉得其实还是杏花楼的真空包装粽子比较好吃一些，金毛寻回犬先生说它最近几天消化不良，不能吃糯米。我用纸巾擦手，被擦碎的纸巾变成了纸屑，黏在手上，那种感觉就像是两个藕断丝连的人总是在漫不经心的时候又被对方拉回到分手的原点，然后再重复一遍从暧昧到争吵再到信誓旦旦地说要老死不相往来的过程那般的粘腻。我们找了个地方洗了洗手，金毛寻回犬先生就着水龙头舔了好几口水喝。

那些窄小的弄堂大概是江南水乡这些地方独有的，北方胡同的背阴处也没有这样的潮湿，在阴暗的角落里生长了不知名的矮小植物，以及那些用指甲盖刮擦就能被除去的一层薄薄青苔，却总也刮不去那些将逝未逝的爱情。

诶，说说你和你的男朋友。金毛寻回犬先生走路的时候四肢上柔软的毛都随着风和它走动的频率相一致。

我们没什么好说的，就是两个根本不相干的人莫名其妙地在一起了。我拿出手机假装看了看时间，没有电话也没有短信。我试图让自己相信他在忙。

想他就打电话给他啊。金毛寻回犬先生笑了笑。

我才不要给他打，每次都是我给他发短信打电话，这样时间长了会惯坏他的，不能让他觉得我在想他，不能让他知道我很在乎他。我这样说。

我不明白为什么你们总是喜欢把事情搞得那么复杂，我常常都是这样，想它了就叫两声告诉它我在想它，我时时刻刻都要让它知道我很在乎它。金毛寻回犬先生说。

所以它才跟别人走了。我小声咕哝着。我忘记狗类的耳朵是很灵敏的，然后我看到金毛寻回犬先生垂下眼睛看自己的脚，不再说话了。

我说："对不起，我不是那个意思。"

没事，我只是想所有事情其实都能变得更简单一些。金毛寻回犬先生的眼角闪过一丝阴翳。

"好热啊，我请你吃雪糕。"我指着一家简陋的小店企图转移话题。

冰柜里面有巧乐兹，冰工厂，百乐宝……我要了一个三色杯。金毛寻回犬先生选了一支酸奶雪糕，我帮它剥开包装，于是就又看到了金毛寻回犬先生两只前爪抱住雪糕，两只后腿直立起来走路的样子，很滑稽，可是我一点都笑不出来。

小弄堂里还有许多小咖啡馆，向阳，在门口附近挂一个木牌子，简单地用油漆刷下了咖啡馆的名字，或者就直接在墙上写，旁边有一些涂鸦。我们一路走过去，还有专门卖火柴的小店，玻璃柜里面展示出各种主题的火柴盒，柜面上贴着"允许拍照"的字条，反而打消了我想拍照的念头。人总是这么奇怪的一个动物。

我们就在小桥边坐着，什么都不做，就感觉到时间仿佛被拉得很长，很远，像我们的影子一样。晒着就要落下去的夕阳，想着如果每一天都这么平静得波澜不惊，该是多么幸福的一件事情。我在想金毛寻回犬先生说的那句话，很多事情其实没必要搞得那么复杂。于是我给韶华打了个电话，他接了。

我说，你在干嘛？

他说，我在值班啊，今天很忙，你在干吗。

我说，我和朋友在朱家角玩。

他说，嗯，你玩吧，你高兴点。

我说，你好好值班，还有我很想你。

他说，我也是。

挂掉电话，看到金毛寻回犬先生咧着嘴朝我微笑。我对它说，很简单。

我们是在接近傍晚的时候从朱家角出来的，我们坐上了回人民广场的沪朱专线，似乎没有来的时候那么难受到想吐了。我抱着金毛寻回犬先生的头，枕着它睡着了。

醒来的时候我们已经到站了，金毛寻回犬先生舔舔我的手背，说，到了。我揉揉眼睛，跟着大家一起下车。

金毛寻回犬先生说，我要回上海动物园了，谢谢你今天可以出来，我很开心。

我说，我也是。

它掏出手机，说，这是你朋友的吧，帮我还给他。

我说，嗯。

金毛寻回犬先生对着我摇了摇尾巴，说，记得下次到动物园找我，我们一起去看小拉的孩子。

我说，好。

金毛寻回犬先生抖抖身上的毛，说：再见。然后它转身。

谢谢你，再见。我对着金毛寻回犬先生的背影轻轻说。我知道，它听得见。

作者简介
FEIYANG

杨雨辰，女，曾就读于厦门大学。（获第九届新概念作文大赛一等奖）

十六岁的春天　◎文/柳焕杰

　　十六岁的时候我在上中学，每天起得很早。睁开眼睛，春天的早晨，天色刚开始亮。我想天空是和我一起醒的，我努力挽留夜里的梦，而窗外的天地，仍舍不得一片厚重的雾气。雾悬在屋后的河面上，好像掩盖着一种浩浩荡荡的声势，一处散开，周围的又合过来，重重叠叠。我走过父母的房间，听见里面传来匀缓的呼吸声，然后蹑手蹑脚地下楼去。

　　母亲操劳家常琐事。一个爱唠叨的女人，脾气大的时候和父亲或者爷爷吵架，两手叉腰下死劲地撒泼耍野，把一只铁架的靠椅从楼梯上哐啷哐啷砸下来，数叨他们的不是，张口闭口这个没出息的家坑害了她一辈子。现在这点脾气也渐渐变成了耐性，只是偶尔纠缠起来，仍旧能把谁从前落下的话柄分毫不差地揪出来，那仔细的程度能让我对自己优越记忆的来源恍然大悟。

　　我对她说，你忙，早饭我自己做吧。

　　她点点头答应了。

　　所以早晨就不再听到她的絮叨，让她去睡觉。整栋房子还关在黑暗里，我吃完饭开了门，天却亮了，豁然疑心是另一个世界，路上的雾更显得苍白和茫然。

　　我把自行车推出来。母亲有时候醒了，倚在楼上的窗口望着，看着我骑着车子丁零零冲进雾里，远远地叫道：

"雾大，你小心点去！"

"知道啦！"这样不耐烦地应着，前头打开的一片雾，转身就在身后合拢了。迎面晃出那人影，车影，也彼此分割进不同的世界里。距离有时很短，也很长。

在教室安安静静坐着，旁边嬉闹着一群同龄的孩子。纸条漫天飞着，粉笔头滴溜溜扔过来，再扔过去。旭开始时仔细盯了我半天，冒出来一句话："你怎么这么安静啊？"

我笑笑说："是啊，不说话你也不会以为我哑巴。"

他是我的同桌，功课不好，上课常常百无聊赖地趴在桌子上划细小的"8"字，画满密密麻麻的一张白纸，然后扔掉，或者递给我说："送你！"

我说："为什么是8呢？"

他拿起笔在纸上演示一番："这样……可以连着写！"

下了课他探出头来和我左边的男孩子讲话，争论新来的女老师是美是丑，一面说一面笑，把我夹在中间像透明的。我支着下巴，睁着一双大眼睛愣愣望着空气。

只有一次，我问他说："你将来想干什么呢？"

他想了半天说不知道，又反问我。

我想去远行。但我没对他说。

我知道在他和所有老师的心目中，我是个安静而听话的孩子，没有任何多余的想法。其实我不是。

一日的薄雾浓云，竟散不尽。黄昏时分那天空终于挽不住沉沉的心事，轻轻洒洒地泄露了。

母亲端坐在沙发上织毛衣。这个已经陌生的行为让我觉得有点古怪。

我说："怎么有心情做起这个来了？"

她抬头见了我，笑说："天冷，我给你打一件毛衣。看，还是小时候那一件的式样！"说完又埋下头去，一脸孩子气的专注。那两只略显苍白的瘦瘦的手把着光滑的织筷，一针一针算计出来的都是些寂寞的日子，剪不断理还乱的日子。

她抬头的一瞬间我看见那眼里闪烁过的光，蠢动着一丝丝的无奈和放任，望不到结果的，却终于在无数的日子里钝下来。那人也老了下来。

我做完了功课，在客厅看电视，爷爷也在。他在的时候便处处要管制我。自小是他最疼我，我却是最不服他的。我渐渐长大了，自以为看穿了他的许多不是。比如他的顽固不化。我在沙发上躺下来看电视，他一定从拖鞋里褪一只脚过来仔细"捏"我一下，现在没有那气力了，仍要嚷嚷个不停："站没站相，坐没坐样！"他规定我晚上睡觉的时间不能超过十点，我不满地说："就是躺下去也不见得睡得着。"还是被撵了出来。

而且他还喜欢大惊小怪。小时妈妈把我带回姥姥家，聊到很晚舍不得回来，一边守着电视剧在看，结果在电视上看到我的寻人广告。这实在是要命的。母亲回来当然少不了劈头盖脸地一顿骂，只是那时还未敢回嘴，愣愣地低头站着，远没有后来的气势，冷冷坐定了笑道："我可是高攀了你们的，可惜外头人不晓得，这几年家里已是坐吃山空，连架子也撑不起来了，偏偏有些人喜欢闲和白日做梦，专候天上掉金子下来……"

爷爷在一旁半天说不回一句话来，牙齿咯哒咯哒抖得像地震时的窗玻璃。

他喜欢对着我们得意地讲自己那点旧事。什么小时候没机会上学，全是大爷手把手硬给教识的字，而在他口里那时能识字似乎是非常了不得的事情，何况还自学到能够看故事书的程度。后来还因此碰了运气，小小地发了点迹，过了一阵好日子。电视里播《再见艳阳天》的时候，我们每晚都看。他坐在自己专用的藤条椅上，突然回头煞有介事地问我："你知道这艳阳天三个字里有什么含义吗？"

我撇撇嘴，从此对他的那点故事更加不以为然起来。

春天开始的时候猫儿开始整夜整夜地叫。

我知道它想离开，但母亲总把一段白布条洗干净了，把它拴在楼梯口。

我说："把它放出来走走嘛，实在太吵了！"

她摇头说："一放出来就没有了，夜里外头逮猫的可多了……都养这么大了，丢了怪可惜的。"

我说："逮猫做什么？"

"还能做什么，做菜嘛。听说有些杀猫的往那猫肚子上割一刀……"

我从此不再提这事情。只是有时猫儿吵得太凶了，常常把人也惊醒过来，辗转在黑漆漆的寂寥的夜里，隔着房门听见那一阵一阵的叫声……似乎是永不知道疲倦的，也或者疲倦了，仍旧得这样下去。

爷爷已经老到不方便走动的时候。他半闭着眼靠在他的藤条椅上，蒙蒙眬眬问我："最近有回老宅子走走吗？"

我说有，他点点头，似乎睡了，半天又说：

"木棉花开得好吧？"

其实我偶尔到祖传的宅子里去，也只有满院子的萧条。人都搬走了，空留下回忆；回忆锁在风景里，这风景也会老，会消失。多年前复粉的墙，隔久了，自己又一层一层地脱落下来。只有在阳光下来的时候，在天井的石板上反射起来，像泼了一地的水，幻觉出一点人气。那棵木棉花栽在院子的一角，一年年地花开了，又落了，自顾荣衰。

那年春天其实是我最后一次看见它开花，大红大红的一朵朵，像咧嘴在无忌地欢笑。再一次经过时，那地方已经是一块平地，仿佛做过的一场梦，可以这样地不留痕迹。

父亲说："房子拆了，好腾出地来……不要跟爷爷说。"

那些花儿压抑在心中，开在梦里。它们是最来得快也去得快的花朵，总是那么不遗余力，轰轰烈烈。

而我们仍小心翼翼地活下来。夜里醒来，仅那么一瞬间一种空落落的感情在黑夜里暴露开来，仿佛开了封的一坛酒，弥漫得无孔不入。我睁开的湿润的眼睛一定在这样的夜里闪烁着微妙的光。

为什么我要明知了自己那无能为力呢？

爷爷说他很开心，他躺下去的时候喃喃地说起来：

"还记得从前在老家的时候吗？呵，哪个孩子像你那么乖啊？我走到哪，你就跟到哪……还不是把什么好吃好玩的都给了你呀？……我老了……记得那棵树吗……"

我想，将来谁又会记得曾有过那样一棵树，还有树下的故事？所有的幸福或者不幸，其实只能留给自己。

母亲倚在门口，听到那语无伦次的话语，朝我看了一看，突然低头闪了出去，带上那门，吱呀一声悠长的喟叹。

他走在春天的末尾。我想他是和春天一起走的。临了父亲把我唤进房里，轻声说："爷爷要走了，快叫爷爷啊！"

我于是一遍遍地唤他。

他的头偏着靠在枕上，鼻子插着氧气管。我看见他朝这边努力望了望，那只黑瘦的手微微挥了挥。父亲以为他示意我走，把我推了出来。

后来我一直认为父亲误会了他的意思。

我整晚整晚地睡不着。有一天夜里突然听不到猫儿的叫声了。它挣脱了绳子跑出去，第二天一倾一晃地回来，过后浑身抽搐死掉了。母亲看见它支撑不住的身体从楼梯上倒下来，"啊"地惊叫出来。父亲说不是给人毒死的，因为没有吐东西，怕是被棍子什么的击中，但还是跑了回来。不知道他对不对，总之，猫死了。在一个漆黑的夜里他们往它身上系了冥纸，装在箱子里顺河漂走。

我于是常常走神，骑车回家时在路口和一辆摩托车相撞，车头烂掉了，人竟没事。早晨我走路去学校，只身暴露在清冷的路上，寂静得像坠落在深梦里，只有那寒气却越加清醒。突然有灼热的泪一滴滴滚下来……心里有什么东西突然融化了。一声声只听到自己脚步的声响，就这样走过了那个沉默的春天。

作者简介
FEIYANG

柳焕杰，男，广东汕头人，曾就读于广东江门市某大学。（获第九届新概念作文大赛一等奖）

第2章

时光匣子

遇见你，是我一生最美最好的奇迹

奇迹的碎片  ◎文／夏茗悠

一

　　一直以来，是平凡得像水分子一样的女生，具有天然的稳定的令人心安的平衡，同时也有混入人群就再也无法凸显的弊端。

　　和无数相似结构的分子们不分彼此，每天做着相同的动作，展现相同的表情，运用相同的声音和语调，张一张口，话语像墨滴融进水里顷刻就不见，从没有可能一鸣惊人。呵出的只是空气。

　　拥有超能力，只在很小的时候幻想过，年龄日积月累直到懂得现实重量的临界，不需要任何人指导，就自己学会用无奈的叹息和苦涩的微笑应对种种不如意。

　　分寸拿捏得刚好，于是有件名为"一笑而过"的小事时常发生。

　　前一位同学松开扶住教学楼大门的手，铁门向后反弹，擦过文樱白色校服的衣袖。女生侧俯下头，一点点锈迹停留在了大片的白中间，太醒目。文樱仍只是一笑而过，须臾后就重新汇入去参加升旗仪式的人流中。

　　当时的文樱，从来没奢望过奇迹发生在自己身上。不能想象，也没有注意到自己身后"哗啦"一声打开了

一道旖旎的天光。

　　昨夜下过雨,气温低得不足以让水汽蒸发,操场保持着潮湿的状态,鞋子踩过时发出"簌簌"的声音。日光在大朵大朵的浅灰色阴云之上静流,找到不均匀云层的稀薄处便哗啦一下倾泄而出。人的精神为之一振。

　　教导主任喋喋不休地唠叨着"如何迎接文明示范学校评估团的到来",无非都是些弄虚作假的程式。学生们无不烦躁得想当即遁地。

　　文樱毫无目的地东张西望,突然,无意间瞥见观礼台上除了教导主任还站着一个大约五六岁的小男孩。

　　怎么会有小孩出现在这种地方呢?

　　文樱使劲儿揉揉眼睛,再往前看,神秘的小男孩还是没有消失。不是错觉,仍让人感到匪夷所思。

　　接下去的事态就更出人意料了,小男孩跳到教导主任背后搞起了小动作,做着鬼脸,又在他腿边滑稽地绕。

　　文樱"扑哧"一声笑出来,可是身边所有人却像什么也没看见似的毫无表情,张张都是冷漠的不耐烦的脸。

　　与其说是群体性缺乏情趣,不如说"压根就没有看见"的解释更具合理性。

　　到底是怎么回事?

　　文樱一头雾水,搞不懂是别人集体出了问题还是自己的问题。怎么想都是后者的可能性更大。不管怎么说,莫名其妙看见了别人看不见的东西绝对不是能令人泰然处之的事。

　　台上男孩的动作幅度越来越大。伴随着停不下来的对周围同学的观察,文樱的心逐渐往下沉。哪里滋生出来的一股恐惧,萦绕着每根血管往末梢生长。

　　也不是不曾听说过具有阴阳眼这种超能力者的存在。但自己打出生起就没有什么异常，一直平平安安波澜不惊地长大。突然拥有某种超能力像是童话，仿佛原本笔直的线段从中间生出一个转折，左右两边弯出了截然不同的路径。

文樱紧张地攥紧拳头，手心里全是汗。也不完全是紧张，不能说没有兴奋。

阴阳眼。能看见别人看不见的异时空亡灵。毫无征兆地从天而降横亘在自己面前。

听起来像个奇迹。

文樱身处的 K 班人员稀少，比其他班队列的长度缺了一大截。女生在东张西望的惯性中回过头，目光很快落在一张反常的脸上。

A 班队伍最末尾一个瘦高的男生，深的肤色帅的脸都无关紧要。此时最关键的问题是他的表情——混迹在周围无限扩散的冷漠面孔中间——想笑又强忍着，使劲儿抿着嘴，过半天只好将目光从观礼台移向脚下的草坪。

距离很近，所以文樱的目光还是捕捉到了他低下头后微微变化脸部线条的动作。

二

想去打听那个男生的名字，可这对于人际关系简单到整个学校熟识的只有看门大叔的文樱来说，比登天还难。

一张极力掩饰的笑脸，就这样变成了模糊虚幻的存在，搁浅在了记忆里。

已经七天过去了。

这天放课后，文樱背着沉重的书包往家的方向步行，突然因路边吵吵嚷嚷的一堆人放慢了脚步。几个二十岁左右的家伙把一个小朋友围在中间来回推搡。文樱探了探头，惊讶地发现中间那"小朋友"正是上周在观礼台上捉弄教导主任的小鬼头。

女生面对未知世界的生物，胆量反而比平常大些，走近一点，发出细若蚊呐的声音："哪，你们不要欺负他。"

喧嚣声"倏——"地迅速消散。

在令人窒息的宁静中，几个鬼魂同时回过头看向文樱。

虽然已经竭尽全力挺直腰杆，惨白的脸色却还是露出怯弱的马脚。文樱鼓足勇气定在原地没有后退，即使对方放弃小男孩朝自己围拢过来，即使对方的眼神里怎么也找不到半点友善成分。

目前这种情况，难道马上要从"活见鬼"变成"鬼缠身"了吗？

看不见，过往的行人都看不见他们，连求救也没辙。

女生紧张地咽了口水。为首的鬼好像微笑了一下，终于慢慢吞吞地开口说话："我们看他不顺眼关你什么事？"

女生想回嘴，却又找不到反驳之词。本来也说得没错，对方和自己根本就不是一个世界的人。见义勇为什么的，是人类社会的美德，但鬼魂们能够理解吗？

恐惧无助再加上底气不足，少有的做了件勇气可嘉的事，却换来连呼吸都变得困难的结果。

那鬼魂看出破绽，更肆无忌惮地走上前来，重复地追问道："关你什么事啊？"

都说倒霉的人会一直倒霉下去。这话用在文樱身上一点不假。生活中突然多了一点刺激，能够看见游魂，却没有丝毫自我保护的能力，还不如看不见。

设想当时帮忙的男生若没有及时出现，很难得知自己会被那几个恶鬼折磨到什么下场。

文樱的脸色终于恢复过来，面对方才熟练地念咒施法赶跑游魂的男生，好半天才近乎崇拜地挤出一句："好厉害！"声音微弱得更像是自言自语。

男生却听得清晰，侧过头朝向女生，被夸赞得不自在。

气氛有点僵。

谁也没注意到的小鬼突然从墙角窜起来，感激地看了文樱一眼，目光转向男生，又惊恐起来，神速地逃出了两人视线。

"他……"男生有点不太明白，指着小男孩消失的地方迟疑。

女生反应过来。"啊，他也是的，"转而立即好奇起来，"你怎么会……"

男生的神经也松弛下来，不太在意地解释道："我们家，听起来有点可笑，可的确是通灵世族。这点本领还是必要的。"

通灵世族？女生惊讶得瞪大眼睛，找不到别的词，只好又原样感叹一遍："好厉害！"

直接彻底地让人不好意思，男生下意识挠挠头："也没有很厉害。我学艺不精，你刚才也看到了，我还分不太清人和鬼。"

"可你怎么知道先前那群是鬼呢？"

"太明显了吧？"男生内心有点无力，"谁会穿着明朝衣服在大白天逛街？"

经过提醒文樱才突然想起，刚才的确有个奇装异服者混在里面。

女生发着愣，男生已经从她面前走过去："不过你以后还是少和他们发生摩擦。有些鬼还是很危险的，要不然也不会有通灵师这种角色存在。"

文樱跟上去好奇地问："通灵师是不是也有对付考试的魔法？"

男生有点无奈："你想得太神了。"

"因为上次看到你在A班。"

这么说其实是对男生智商的怀疑，不过他好像没怎么在意，反倒笑起来："你在K班对吗？"

女生一边暗自感叹"真是个随和的人"一边点头答应。

"你叫什么？"

"文樱。"

"我叫邱翼，你要记住。"

"哎？为什么？"女生不自觉停下了脚步。

男生回头看向她。

天依旧是阴霾的，沉沉的云在头顶上空滚动，云朵和云朵交接处偶尔泻下一线光。可是如果你当时的感觉真像被枝叶茂密藤条纵横的植物缠绕，心脏狠狠地疼了起来，就绝不会怀疑那一线光是微弱的臆想。

你一定会记得他回头看向你，微微眯起眼，摆出一丁点温柔的笑意，告诉你："因为名字是最短的咒语。"

三

即使生活的一小角闪出了幸福温暖的碎光，可大片大片荒芜的区域却还是一如既往地萧瑟冰冷着。

虽然文樱有父亲去世母亲再婚的不幸，但这样内向沉闷不讨人喜欢的女生是很难叫人同情的。厌恶她的继父经常用"阴阳怪气"来形容她。其实文樱只是被忽略无视了太久，忘了张开嘴后该以什么方式与人交谈。

因为身边尽是讨厌自己的人，所以必须小心翼翼维持着自己几乎不存在的存在，尽量不去做些什么影响别人的生活。

放学回家，文樱是绝没有可能敲门喊人的，可是今天情况有些特殊，手伸进书包的侧袋里却摸不到钥匙。芒刺顿时从皮肤下往外戳出来。头脑空白地在门口楼梯最后一阶处坐下。

前思后想许久，喊门后如果是继父来开，肯定又要看很长时间的脸色。于是决定倒不如折返回去看掉在路上什么地方。反正就算不按时回家也没有人会在乎。

进入秋天以后，就总是接连好几天雨水不断，女生尽量避开积水，却还是免不了沾湿鞋尖。小小的一块凉随着神经末梢传递向全身。

更大更广阔的凉意来自心里。

路灯的反光映在斜前方的地面上，金色闪亮的一片，可是它保持着和行走一样的速度前移。停留在永远抵达不了的地方。

从什么时候开始，无论在家还是在学校都成了被人无视的存在。

原先数学老师还偶尔叫自己起来发言。可自己太不争气，说话声根本不足以让全班听见，更多的时候，是因为不知道答案尴尬地杵在座位上低头脸红。

久而久之，老师知道她学力不够脸皮又薄，出于善意也不点名了。

就这样，再也没有任何证据证明自己生存在这个班里。

每天上学、放学、上课、回家，说不上一句话。也没有一个人的目光短暂地停留在她身上。

世界上曾经最疼爱自己的那个人离开了。父亲走的时候在文樱面前拉着母亲的手说一定要好好抚养女儿成人。母亲一边哭一边答应，可是后来她食言了。

她重新结婚，又生了孩子。是个男孩，受尽宠爱。

——爸爸在天上，他看得见一切，他会为这样的女儿感到难过吗？

文樱蹲下来捡起掉落路边的钥匙。环顾四周才又想起，两个小时前在这里，有个男生对自己微笑，他用有魔力的声音告诉自己他的名字，最安全最简短也最温暖的咒语。只要念一念，他就能够出现保护自己。

而两个小时前的自己，手臂突然吃不住力，让书包跌落进了肮脏的泥水里。

四

体育课老师让两人一组做拉伸恢复练习，却没想过班级人数正好是奇数。文樱必然成为了多出来的那个。

无聊地沿体育馆四处乱逛，最后索性晃出了门外。像个隐性人，失踪了也没人发觉。

"啊，你也在这里啊，体育课吗？"在器材室门口等待归还篮球的男生突然转头向自己搭讪，把女生吓了一跳，缓过神才发现是邱翼。

文樱高兴起来："嗯，快下课了。"

"放课后一起回家吧。有一段同路，怕你又碰上什么不好惹的东西。"

文樱脸一阵热："嗯。有阴阳眼还真不是什么好事。"

男生笑起来："你知道有些通灵师没有这天赋要后天做多少努力才能看见吗？"

"那我不管，谁要谁拿去。"女生直言不讳。

邱翼觉得这女生挺有意思。

等到树上的叶子几乎完全落光的时候，两个人的联系已经远远不只共同有某种超能力这么简单。邱翼的家在文樱家和学校之间，可是文樱回家要一小时，而邱翼回家要一个半小时。

原因全在于男生让人心暖的保护欲。"其实你不用送我回去。"反常的照顾反而让女生有点不习惯。

"这种话你少说几遍我会很感激。"

"你是双鱼座的男生吗？"突发奇想。

"不是啊。我是天蝎座。有什么问题？"

"那就奇怪了，没理由人这么好的。"

"哎。你信这个？"

"啊啊啊！"女生突然抓住问题的关键，"天蝎座的话不是马上就要过生日了吗？"

"已经过掉了。上周。"

"啊啊？你怎么不告诉我？"

"你没有问过呀。"

文樱愣住了。

原本认为很重要的事情，就在不知不觉中错过了。和自己太过安静的个性有很大关系。没有问过呢。

邱翼觉察到女生没有及时跟上来，回过头劝慰道："有什么啊！反正我也很讨厌过生日这种事。"

"为什么？"女生不能理解。

"长大了要承担很多责任。除了正常人必须的工作、成家，我们家的男孩还得兼顾应付什么这鬼那妖的。未来全不由自己，所以没什么好期待。"

"哎，你想得真多……"文樱不知该怎么评价。

"你是巨蟹座的吧？"

"你怎么知道？"

"猜的呀。据说巨蟹座的人和天蝎座绝配哦。我觉得你和我很合拍呀。"

"是……是吗？"女生低下头不敢看人，也怕被看到自己已经红到耳根的脸。

男生笑着接过她提得吃力的书包："一般人听我这么说都会劝什么'凡事想开'啦，'要有理想'啦之类的。都是说教。"

"……我只是口才不好。"文樱眯起眼望向男生。

其实也不是完全能理解这么优秀的人怎么会有"对未来不抱期待"的想法。和邱翼截然相反，文樱是无比希望逃离现在的。

没有人爱，没有人在乎，甚至没有意识到自己的存在，这样无助与绝望的局面，谁愿意在这里停留？

可即使逃离，文樱也能预感到将来的自己未必比现在处境好，即使没有变得更糟糕，也无法释怀——想起高中时的别人享受着怎样的快乐，而高中时的自己怎样度日如年。

不甘心。将来的自己一定会感到不甘心。

秋天即将结束的这天，邱翼分去文樱书包的重量，近乎宠溺的目光落在她身上，轻轻摇了摇头："你和他们完全不一样。"

五

其实让时间彻底凝固下来的方法有一个，也很简便。可大家却几乎想都不想，即使知道，也不会有勇气去实践。

拥有超能力久了，渐渐也学会大致区分人和鬼。每次见面都和上一次有细微不同的，是人。而形象永远被定格住的，是鬼。

这办法有时在学校行不通，因为学生日复一日穿校服，又不敢搞夸张造型，长着千篇一律的脸，又有着千篇一律的表情。再加上圣华中学没有阴气重到吸引很多鬼魂，致使对文樱的潜能训练大大减少，文樱慢慢明白了邱翼同学至今只是个半吊子通灵师的原因。

也还有其他办法能用来判断，比如人们总是很忙碌而鬼们总是优哉游哉。但准确性值得商榷，人类中也有因被极端忽视而无事可做被动变得优哉游哉者，文樱自己就是个完全充分的反例。

用死亡让时间停下来会感到更快乐吗？

文樱有时很想问一问，可又生怕把人类认错，一直没找到机会，至于唯一确定的那个小鬼头，时常远远在校园里看见，等到跑近就不见了。

应了那个词——神出鬼没。

"你怎么看那些鬼？"在男生家楼下等他同行上学的文樱问。

邱翼把牛奶袋子咬在嘴里系紧鞋带后直起腰："没什么想法，又不是一个世界的。"

"哎？你没有和他们对话交过朋友吗？"

"啊哈？和鬼交朋友？"男生哧笑着，"你想法太科幻了吧？"

"有什么科幻的？鬼也会说话，也有感情，也会高兴也会难过，还不会随便把你的秘密告诉别人，为什么不能和他们做朋友？"

男生突然被女生的反问怔住。

以前从来没考虑过的问题。

最后男生脸部的轮廓稍稍敛出一点弧度："你想的有道理。"

科幻吗？一点也不。

很多我们不相信的事情，只是因为自己见识浅或能力不够。

当初平庸得近乎可悲的文樱又怎么敢想象自己有朝一日会具有超能力？更别提幻想和鬼交朋友了。

不过这么提起，文樱倒是又想到，既然自己有这样的能力不应该白白浪费。为什么不和鬼做朋友呢？

他们像你一样悠闲，有大片大片的空闲时间。他们大多数和你一样善良，只是不知受了什么牵绊停在了你的身边。他们看得见你有时还远远地冲你笑笑算是打招呼，而你也看得见他们。

文樱突然觉得自己的生活被哪里来的光线一寸寸打亮了。

如果再见到小鬼头，一定要和他说说话。

六

"你期待过奇迹吗？"这问题远比"你怎么看那些鬼"来得重要。文樱自然早问过邱翼。

男生迟疑半晌给不出答案："不知道你所指的奇迹是哪一类的。"

"就比如说，具有阴阳眼这一类，不太能用常理解释的事情。"

"阴阳眼什么的，也不是我想要的。这么说来的话我应该算没什么期待的吧。"

"你也是个奇怪的人。"

什么都没有期待过，却得到一切让人羡慕的东西。良好的家境、出众的头脑、特殊的才能，以及更多更多第一眼无法衡量的优势。

有时放学不能一起回家，是因为男生们喊他去打球，要不就是女生们堵着他献殷勤。文樱逐渐意识到，邱翼到底还是和自己不同的人。

如果不是因为具有相同的超能力，即使在同一个校园同一个年级做操时相邻的两个班，也许到毕业也说不上一句话，也许长大后在街上遇见根本就不会反应过来："嗯，这人与我高中同校。"

父亲在世时说过，人来到这个世界就是一连串奇迹作用的结果，从每一次万分之一的可能性中脱颖而出最终成为独一无二的个体，那是比中六合彩还要值得珍惜的幸运。

父亲辞世以后，文樱总在想也许他说得不对。

也许在这个星球上六十亿人口中找出唯一愿意来爱自己、关心自己的那个，才是比降生更值得珍惜的奇迹。

有一天放课后从教室后门跑出来，看见 C 班的一个漂亮女生正走向等在教学楼门口的邱翼。文樱迟疑了一下，停住了脚步，静静地望向男生所在的位置。

"你最近怎么回事啊搞得那么孤僻，也不能因为要高考了就六亲不认吧。这周末一起聚一聚吧，就原来班上要好的那几个。遥轩马上就要出国了，算是给他饯行吧。"

"……"邱翼没做声，往 K 班教室张望了一眼。

文樱赶紧往里面缩了回去。

C 班的女生也好奇地回过头往文樱这边看："你张望谁啊？"

"没有。最近学业太重，做什么都打不起精神。那就说定了，这周末吧。"

"你别弦绷太紧，当心断掉。还有半年，别自己先垮了，"女生冲他摆摆手算是道别，"注意身体啊。"

等文樱快走几步到男生身旁，他问道："刚才躲什么？"

"幸好没被看到。"

男生追问道："你怕什么？"

"对不起。"女生还是自说自话另一套。

"对不起什么？"

"因为总和我待在一起，也被传染得孤僻了。"

男生感到好笑："没听说过孤僻还能传染的。"过半天正色道，"和你没有关系。以前我就不喜欢和他们闹，疲惫而且没意思，朋友都说能两肋插刀可我觉得真心的很少。虽然不喜欢，可是只有这样才算个正常状态，所以硬撑着去应对。我反倒觉得现在很好。"

见女生又发着呆，邱翼侧过头问："在想什么？"

文樱摇摇头，声音有点生涩："没什么。"

在想着和自己做个约定。

元旦通宵游园祭，如果能顺利在新年钟声敲响前的茫茫人海里找到邱翼，就一定要鼓起勇气对他告白。因为……

——遇见你，是我一生最美最好的奇迹。

七

其实文樱到底还是没勇气没魄力，给自己找了个最艰难的挑战。真正到通宵游园祭时要找个人还挺难。晚上十点，文樱好不容易排查完了操场区准备转战教学区，才突然意识到他邱翼也是个活人，也会变换方位，又不可能定在一点等自己去找。

想着有些泄气，看来告白就快要变成不可能事件了。

文樱郁闷地在台阶处坐下，不远处一个跳动的人影运动轨迹有点奇怪，女生反复揉眼睛才发现不是自己的问题，是那个小鬼头。

女生有些激动得失控了，完全没有顾及到周围的同学，大声喊道："喂！喂！你等一下。"等回过神来，才感到羞愧。好在整所学校都泡涨在了节日气氛里，又吵又闹，即使大声喊叫也不会引人注目。

不过小鬼头这次倒是听见了，乐颠颠地跑过来："啊是你！上次谢谢你！"

"我没帮上什么。"文樱无奈地摊开手，"我自己也很没用。"

"嗯。看出来了。"小鬼头倒是直话直说，在她身边坐下。

"你叫什么名字？"

"不能告诉你。"

"哎？"

"我们鬼的名字是不好随便告诉人家的，你总乱叫的话我就会被定在原地动不了的。"

"是吗？原来如此。"

"什么原来如此？"

"邱翼告诉我'名字是最短的咒语'原来是这个意思。"

"嗯。他说得没错。是上次那个男生吧？"

"是。"

"你们俩挺般配挺好的。你喜欢他吧？"

"啊哈？"鬼们都爱这样直指人心地谈话吗？文樱心虚得很，想胡乱掩过去，"哎，你小孩子不要操这份心。说了你也不懂。"

"什么小孩子？你别看我这样。我死的时候还没有这学校呢！"

文樱这才反应过来："啊！忘了！这么说来你比我大十多岁呀。你是怎么死的？"

"去海边游泳遇上台风给溺死了。"男孩说得轻描淡写。

"噢，我还以为和这学校有什么关系。"

"怎么这样想？"

"因为总看到你在学校里晃呀。"

文樱此话一出，小鬼头立刻变了脸色，沉下来拉得老长："我就恨你们学校！"

"为什么？"

"把我的坟给压住了。"

文樱被吓了一大跳："是吗，早前我确实听说学校以前是坟场，不过还以为是谣传。因为每个学校都有类似的传言。"

"鬼之所以在人类世界瞎逛不赶去投胎多半是因为心有不甘，有非常强烈的愿望没实现，我的情况有点特殊，也不能算完全特殊，那石头成天压着我，移不走它我也不甘心。"

文樱笑起来："你的'强烈愿望'还真容易实现。那就移走它呀。"

"你说得容易，我死的时候这么小怎么可能搬得开？"

文樱停住笑好奇："哪块石头啊？"

"就那写了字的一大块呀。"

指了半天，女生还是没想明白是哪块，小鬼头索性扯着她直接往校门走，快到达时文樱才幡然醒悟过来："噢，是写了'尊师重道'的那块啊。我帮你吧，我觉得这我应该移得开。"

文樱从来没有高估自己能力的情况，这次也不例外。很轻松地就把石块往旁边的草坪挪了一些。

小鬼头看上去比先前高兴不少，可还是变得有点奇怪。文樱伸手去拉他，准备带他回去，却扑了个空，从身体里穿了过去。女生吓得不自觉后退了两步。"你怎么了？"

小鬼头倒还是挺开心："没怎么呀，准备回去了。"

"回去？"

"我的愿望不是实现了吗。总算松了口气。"一边说身体一边越来越透明。

这倒也是，虽然是好事，可文樱还是免不了伤感。

直到他最后完全不见，消散在黑漆漆的夜空里，女生才从怅然中回过神来。

一定要去找邱翼。

一定要找到他。

我也不想留下遗憾，也不想死后心有不甘。

<h2 style="text-align:center">八</h2>

也是无意地往上方一瞥，带了点"郁闷地望天"的意思，在年末的最后五分钟里，文樱看见了在四楼倚着栏杆和同学聊天的邱翼。

一瞬间，整个世界忽然寂静，没有一片弦音。

所有看得见的和看不见的光在空气里流窜。

好像全都是从少年的脸上喷薄而出的暖意。虽然距离很远，可是凭借往常每日每时一点一滴积累起来的对他的了解，深知他说话时的每个神色，每种语气，每处停顿，了解关于他的一切，就像他了解关于自己的一切。

他曾把通灵师最重要的名字告诉自己，意味着自己是他愿意保护的人。他会在认真思考后说"你想的没错"，而不是随便嘲笑自己为另类。他仅仅一个眼神落在自己身上，就让人感到温暖，他想说的话就算不开口，自己也能用心体会。

是这样的人。

是只要和他在一起时间就仿佛停止的人。

是整个世界上唯一在乎自己也是自己最最在乎的人。

是一定不能错过的人。

文樱深吸一口气，穿过教学楼中间的天井跑向甬道，顺着甬道一路奔进教学楼，可是，却在门口处听见了那几句零碎的对话。

"压力大得都想跳楼了，高一高二的人还玩得这么 Happy，真是'商女不知亡国恨'。"与自己擦肩而过的女生大声地感叹道。

"上上届我们学校不就有个人受不了落榜跳楼了吗？"

"什么呀？她是被 F 大录了以后跳楼的，天晓得怎么回事。我看是神经错乱了。"

"哎？是吗？不是落榜吗？叫什么名字来着？"

"什么樱啊。哦，文樱吧。"

"……"

文樱顿时僵在了原地，再也迈不出一步。什么也看不见，什么也听不见，什么也感觉不到，整个人陷进麻木里，过很久才逐渐感受到了无情的钝痛。一动也动不了，只剩下冬季呼啸的风声在耳畔回荡。

他说过，他们都说过的，名字是最短的咒语。

生前没有得到过任何人的关爱，死后也同样没有。在学校，在家，在哪里都是被漠视的存在。

那纵身一跳的转折作用力太微薄，以至于因为怀着那仅存的一丁点对奇迹的期盼，竟把它彻底忘记了。

如果认真思量，这段温暖的梦境其实漏洞百出。像我这样的人怎么可能拥有超能力？

如果没有死。如果晚生两年真的和他成为同学。如果当初就遇见了与自己灵魂能产生共鸣的人。即使没有超能力，原本也是可以很幸福很快乐没有遗憾的。

如果的事太多。

不甘心，非常非常的不甘心。

九

——我以为，我遇见你，是最美最好的奇迹。

——其实它只是奇迹的碎片而已。

梦境的结局。

洋溢着节日气氛的校园中，谁也没有看到，而唯一能看到的人也没有注意到——有个女生抱膝蹲在地上，把头埋进了臂弯里。

烟花在天空中开出绚烂却转瞬即逝，庞大的喧嚣声伴随着零点钟声的敲响翻天覆地，彻底湮没了那本来就微小得几乎无法捕捉的啜泣。

作者简介
FEIYANG

夏茗悠，绰号猪妞，上海籍天蝎座女生，任二十一世纪出版社《光年纪》杂志书主编。生性迷糊，爱笑，重感情。喜欢写故事，以长篇为主。在《萌芽》等发表文章，出版有长篇小说《三年K班》。(获第八届新概念作文大赛一等奖)

灰之寓言  ◎文/李遥策

Ⅰ 离开那间潮湿的木屋的原因是他在大雪融化后的森林里找到了一块半兽人头盖骨的碎片，他一直以为只有用这样的骨头切割出来的齿轮，才能为他的伟大实验充当一个不可缺少的部件。这样的想法缘于在很多年前他从淤泥沼泽地里打捞到的一张设计图。那是一张用蜡密封的羊皮卷纸，里面画着一个类似于普通闹钟的图案，旁边详细地介绍着每个结构分解的注释，比如发条的材料应该是用西伯利亚矿工的锄头，指针的材料应该是用鹰身人的羽毛和杰夫船长的烟斗，而平面玻璃竟是森林巨人的隐形眼镜。再根据说明书上的指示把无数个零件组装到一块，就会成为一个只要拨动指针和发条就能回到过去的钟。这些东西都是扯淡的，有关这类科普的书籍我想估计都是那些南海湾的海盗们从另一个大陆的巫师那儿带来的，但 L 却对此谣言信以为真，然后会反复尝试和验证它们的真实性。我想到曾经 L 为了制造隐身长袍，在一个冬天的黑夜里，用硫磺和水银配制的化合物烧毁了我唯一可以用来保暖的被褥，以至于我躲在干草堆中度过了一整个冬天。L 经常安慰我说，尽管我失败了，但是亲爱的人类同志，在我们精灵的世界里没有什么是不可能的。多年以后，我在图书馆翻阅书籍，看到这样一句话——人们相信荒诞的事物，是因为他们对

未来还保持着希望。那么，我想，L 的希望又会是什么呢。

幸运的是，L 还留下了一封信，就夹在那两片发霉的三明治中间。字迹不算太潦草，但用荧光笔写出的字总给我的眼睛带来一种极为不适的感觉，信纸上点缀着斑驳的奶油以及面粉发酵的气味几乎令我的脸部神经系统崩溃：

我将要找到那只闹钟的所有零件，并会在下个冬天来临之前上好发条，把我所爱的 Y 带回我的身边。请原谅我的不告而别——你的朋友，L。

事实上，让我真正感到不适的还是 L 那颗天真可笑的童心，世上根本不可能存在一个穿越时空的物体，他一直所爱的 Y 也根本不可能会再回来。可是我已经来不及告诉他了，虽然他长着一只极其古怪的长耳朵，他现在也听不到我的抱怨以及我的祝福。

L 出走的时候还穿走了我心爱的蜘蛛侠 T 恤和一件黑色羽绒服，郁闷的是两件衣服的口袋里还塞着我忘了拿出来的全部家当，他只留下一台存满奶酪和冰淇淋的冰箱和去年从马戏团买来的二手带篷马车。现在的房间空无一物，就连从亡灵盗贼那儿缴获的望远镜也被 L 带走了，记得新年的时候我们还坐在阁楼上用它偷看邻居家的电视里播放的维也纳新年音乐会。用 L 的话说，这感觉就像对着无比漂亮的女精灵意淫，除了视觉上莫名的享受，我们什么也得不到。所以我更喜欢拿望远镜去探察邻居家女儿的卧室，因为这总会令我获得点什么。

那段日子百无聊赖得和森林里的蘑菇一样都带着霉斑，L 每天都去看鱼缸中的乌龟有没有探出头叫喊，因为按照他的说法，乌龟发出叫声就会有地震。无聊的时候，我们总是期待什么事情发生。L 除了在弄些小发明小发现外，还喜欢在我的身上做探究，有一天晚上他把果汁倒在我的耳朵里，我愤怒地从睡梦中醒来，L 按住我说，别怕，我只想看看会不会从人类的另一只耳朵里出来。L 真是一个可爱的精灵，这是我对他最贴切的评价。可是我不能对 L 发火，他是善良的孩子，至少他把他的房间腾出一半来给我住，就这一点而言，我就应该对他感激不尽。

是很多年前的一个午后，Doris 在电影院门口的麦当劳与我约会，我慢条斯理地走在大马路上，我想我一定又迟到了，每次我都刻意地不去遵守时间，所以 Doris 才会怪我没有安全感。可是我就喜欢她着急和生气的样子，这样我才能感到自己的重要性，她生气的样子简直美丽得无以加复。现在我才发现原来自己是那么无聊和可耻，甚至比 L 更无知。后悔吗，我听到有人这样问我，房间里没有人，是我在跟自己说话吗。我闭上眼睛，画面又回到那天下午的情景，我依然不紧不慢地走着，那时候我突然会这样想，我要把她丢在一个地方，这样我就可以安心看我的小说，可以安心玩我的电动，我喜欢自由，即使是跟我所爱的人在一起。

我自私地思考着，地面突然一阵颤抖，我抬头看着天空，阳光被乌云遮蔽，大地开始龟裂，我被一条迅速成长的藤条冲上了云层，我根本来不及反应到底发生了什么事情，后来我只知道我昏迷了很久，醒来后世界一片荒芜，苍白的地面上只有一个捡破烂的少年站在我的身边，他的衣服上打着补丁，银白色的头发挡住了他的眼睛，两只长长的耳朵从两鬓伸出。

这是哪？我好奇地问他。

塔伦米尔森林，我们精灵的领地。

我死了？

别诅咒你自己，你还活着，你很幸运地被一根藤条冲上了天空，而那些没有来到天空的人全被深埋地下了，死了。

那你是谁？

我是鬼。

小鬼，骗谁呢，世上哪有鬼。

呵呵，我是L，生活在这里的精灵。L笑了，他伸出手将我拉起。这是我第一次见到L的情景，后来他把我带回到了他的木屋，一路上告诉我整件事情的发生与经过。细碎的阳光从屋顶瓦背上穿透进来，如同L的眼睛里散发的光芒，清澈又略微黯淡。

现在，空洞的房间只剩下我一个人，第五百零七次翻了《圣经》的最后一页后，我想我必须找点事做，可是我得找什么事做，而我为什么要去做。我格外兴奋地握住鹅毛笔，我想我应该留下一大笔文献，记载人类的文明——诞生至毁灭的过程。可是这个世界上除了你已经没有其他人类了，你写下给谁看呢。L每次听到我的想法后总会这样对我说，而且，在我们的世界根本就没有出版社和印刷厂，更没有骗钱的文化公司，文字不过是用来自我安慰和陶醉的形式主义。

即使我拿起笔又搁下，可是我也无法忘记这个人类的世界是如何被毁灭和取代的。毁灭太过血腥，取代太过霸道，也许应该说是还原，人类原本就生活在草原山丘森林，依水而居，狩猎，畜牧，耕种，编织。如果你还能亲眼看到我所留下的文字，也许你和我都应该感谢许多年前的战争，如果不是兽人和精灵的战争在地壳内部爆发，大地根本不会被一层新的肥沃的土壤覆盖，那些规模宏大的钢筋混泥的城市也不会被深埋在地底下做起等待被挖掘和考古的史前遗迹。

现在我反而开始讨厌起城市给我带来的孤独感，曾经我就在那样游离的状态下寻找快乐，依靠着电视、音乐、杂志、可乐、香烟以及酒。我曾告诉L，来到这儿的第一百天里我就已经习惯了这样的生活，至少我不再为了取一点钱而在地下乘着地铁像一只鼹鼠一样钻来钻去，也不再为了一个不大不小的会议像是一只大雁一样南来北往地飞行。可是孤独还是以某种形式存在，我不过厌倦了旧的孤独再在一个世界与另一个世界的缝隙中体验新的孤独而已。所以，快乐和孤独不一样，快乐是寻找不到的，因为快乐，是因为寻找而快乐。

为了证验山谷中的积雪融化是否春天来临的证明，我翻开水泥墙上发黄的日历，再低头从窗台的花卉丛中望去，麻雀和乌鸦果然已经从大陆的南部飞回来，停息在树杈和栏杆上，随时等待机会下来啄食，于是奥尼尔大叔的农场上又重新立起了稻草人，每个傍晚在晚钟敲响的时候，我都会去农场帮忙收割小麦。偶尔空闲下去的时候，望着稻草人，我会在不经意间想起 L 来。和 L 一样，稻草人也喜欢穿粉蓝色的小背心戴黑色的鸭舌帽，也喜欢略带忧伤地面朝北方，我试图抓着这些共同点跟它对话，经常都会把它当成 L 来。再跟我说说你和 Y 的故事吧。那天我忙完于中的活放下铁锹突发奇想地跟稻草人这样说道。

可是它根本不会说话，尽管奥尼尔大叔是一个带魔法血统的精灵，他也没能力让不长脑袋的一捆稻草充满灵性。这跟 L 很不一样，无论是在吃饭或是在睡觉，只要我提到跟 Y 有关的信息，L 的眼中就会闪出奇特的光芒，然后滔滔不绝地讲述着与 Y 有关的故事。抓住 L 回忆中的关键词，我可以分析得出，Y 是一个美丽的精灵，尽管精灵在我凡人的眼里都是美丽的，比方说 L，他曾是精灵族中最丑陋的孩子，可是我无论从哪个角度看他，他都英俊得无与伦比。Y 在塔伦米尔森林里居住了十八年，和 L 有过两年零八个月的恋爱经历，她的结局是牛头人部落大举进攻塔伦米尔森林时焚烧了她的房屋，将她葬身火海。L 说，如果那一天我能勇敢一点，我一定不会让 Y 这样死去。他擦拭着银白色的火枪，煤油灯在晚风中晃着他忽明忽暗的脸，恨不得他立刻单枪匹马地剿灭所有在北方游牧的牛头人部落为 Y 复仇。

说说你和 Y 是怎么认识的。为了缓解 L 心中的愤怒，我试图让 L 想想其他方面的事情。

L 脸上又开始洋溢着幸福地说道，在战火尚未焚烧到塔伦米尔边境的时候，我家还有三亩的农田，就建在小径的附近，那些通往教堂做祷告的教徒都会路过那里，她经常从我干活的地方穿过，我用一辆二手的永久送她，这让她感到很意外，要知道，那辆车是我爷爷一百年前一次地面旅游时花了多年的积蓄在你们人类的百货商店买到的，这辆车在精灵世界里一直是以神话般的物件存在的，你一定有见过的，那黑色的框架，用鞋油擦过后还会发光，曾有人用三瓶伏特加的代价来租用三天，但还是被我爷爷拒绝了。

我手一摊说，哦，那车果然永久，可是重点不在车上。

那让我们回归话题。Y是个遵守时间的女孩，为了避免迟到，那天她就让我用那车载她前去，这样就可以节省许多时间，可是一路上我翻了两次车，你知道我是个腼腆的精灵，一见到美丽的女孩就格外紧张，但是她笑了，她觉得我特可爱，她在我耳边说她从来都没有这样开心过了，她还认为是她的虔诚让神灵感动才将我赐给了她。

后来你们就在一起了？我对他们迅速相爱的结果极其肯定，于是问道。

对的，在那之后我们通常以信件的方式联系，有一天她的信格外简短，我现在都能背得出。

我猜她一定写道，要不要考虑当我的男朋友。我打断他的话。

你怎么知道。L睁着眼睛惊讶地问道。

我没有回答，可是我当然知道，Doris就曾经给我发过这样的短信——要不要考虑考虑当我的男朋友——这条短信从二〇〇八年二月十三日十九点零九分起至今我都没有删除，即使中国移动现在已经没有任何信号可言。在煤油灯下，腼腆的孩子又开始忧伤了，我想他一定在想念他的Y。只是我一直没有告诉他，L和Y的经过，也是我和Doris的经过，L和Y的结局，也是我和Doris的结局。

这些天的夜晚从森林的东部还有一阵阵的暖风吹来，我所能联想到的画面是黑熊蹑手蹑脚地伸着懒腰，再用手指戳醒还在隔壁洞穴冬眠的青蛙，青蛙很不耐烦地鸣叫，吓跑了在洞穴深处垂挂的蝙蝠，然后蝙蝠拍拍翅膀，又迎来了一阵暖风。

春天总会让人回忆起许多故事，就连一丝细小的风都会让我想起很多年前我站在二号线等待地铁过来的情景，我记得它快到站的时候都会吹来一阵同样温度的风，有时候空气中还带着橘子的味道，那是因为 Doris 的出现，她的头发就有橘子的味道，清凉诱人，她靠在我的肩膀我就能闻到，甚至想用嘴含住。那时候水泥柱上的标框广告和树胶椅子都被它的气味染成厚重的色调。有人上车，有人下车，只有我在等待，在人与人交叉之间，Doris 向我走来，她对我微笑，调侃，暧昧，信赖。

我曾和 Doris 有过这样的爱情，每个星期至少约会一次，在尽可能短的时间内相互尽可能地给予对方所需的爱。她会来我的住所喝茶抽烟吃麻辣烫，那时候的我跟现在没什么区别，唯一能做的事就是写作，这是唯一生存的途径，不带物质资金。我拿各种写出的文字去换食物，衣服，书籍，CD。我整天躲在工作室兼卧室里，面对着北方，没有规律地工作吃饭睡觉。我们刚认识的时候，Doris 就很惊讶地说过，我从来没想到这个世界上真的会有人专靠写字生存。她可能想过，可能没有看到过，因为她还小，她比我小太多了，小到她能认为我们可以永远地待在一起，可是世界在瞬息万变，世界末日把我们分开也许才是最好的结果，因为至少我们在最后一秒还是相爱的。这算是悲观还是乐观呢。

其实，我个人受不了格外校园式的恋爱，每天都会碰面，面对着同样的脸孔吃饭聊天散步，像一场长跑会令我窒息，甚至会看不到终点，长此以往我便失去对爱的憧憬，或者说，我根本对爱情没有任何憧憬。可是一开始谁都阻止不了好奇，最后一方失去了好奇，另一方便产生占有的欲望，你越是逃避，他越是追逐，我害怕这样像战争一样的恋爱模式，这会让我产生负担，很多年前，我是一个对自己都负不起责任的人，那样的我怎么能让你寄予厚望。

在这点上，我非常敬佩我大学的同学 T，他每次都会格外理智地去思考哪一个女孩可以正常交往，哪一个女孩可以非正常交往。但他却有一个固定的女朋友，他们属于异地恋情，是在一个文学论坛上相识的，两人互不追究对方的过往。没有规律地通一次电话，却很有规律地在每一个国家法定的节假日相见，那段时间他就会消失在校园，丢下大大小小的情人，把自己大部分的时间都花在宾馆的那间洁白的床上。腻了就打着车去市区玩电动，用奖券换一个巨大的玩具熊送给路上的小朋友。有时候他们会找我吃饭，K 歌，在一起时，他们总缺少点什么。其实他们除了不追究过往，也从不计划将来，但依旧遵循伦理道德，彼此珍惜，他们要的是一个过程，而不是一个结果。但是结果重要吗，结果是他女朋友结婚那天给他打了电话，描述起自己的将来，像是在说天气预报那样的平淡，然后安静地挂上电话，从头到尾没提分手两字。从那以后他们便不再做任何形式上的联系。

你难过吗。我问过 T。

不难过的，这是我们计划好的结果，我们的将来都是我和她各自的将来。他站在我家的阳台上喝着七喜，更像是在讲一个青春题材的剧本，技巧、情节、结局、人物都不失分寸地被把握着。

可是，这又是爱情吗，还是我们都过于矛盾。

两个月后，一段一段在冬季枯萎的世界又重新染绿，L 仍然没有回来。

我上山拾取木柴，前因是我在谷莱河沿岸用火枪射杀了一只没有门牙的野兔，我必须用烘烤的方式来制造美食，这是我这几个月来的夙愿，我甚至做梦都会梦到我蹲在兔子的窝旁边，传送带上送来一盘一盘的兔子肉，但每次都会被该死的渗入屋顶的雨水弄醒，屋顶有漏洞的唯一作用似乎就是警告我不能白日做梦，黑夜也一样。我背着箩筐上山，遇到了伐木归来的独臂樵夫约翰，我看到他肩膀上扛着木桩，细数树的年轮已经有三十二圈。我从来没有察觉到我已经在这座森林里逗留了三十二年。我察觉不到是因为我还没有苍老，我在河水的倒影中看到的还是我来时的模样，二十二岁的面容，二十二岁的身材。

二十二岁的时候，有一段很长的时间，我觉得抽七星太呛，于是在那些日子里我喜欢上了 ESSE。可是 Doris 每次过来见我的时候都会在我家楼下买一包七星 BLUESKY，然后在我的身边肆意地抽着。这会让我深受刺激，不由得觉得自己已经苍老，因为那是年轻人才够资格抽的烟，像我这样的人吸进肺里只会有一种风沙刮过的感觉，异常的难受。还好有绿色的 ESSE 会令我回想起初恋般美妙的感觉，清凉，苦涩，回味时是一口甘甜。但跟 Doris 在一块时，我会忘记我的恋爱史，有时候我竟想不起她们的名字来，因为我觉得那些过去都已经不再重要，就像美式台球一样，前面牺牲的球不过是为黑球做准备，在打最后一个黑球时谁会再去回想前面的那七个球是在什么状态下以什么的姿势和力量打进的。但是，那黑球最终也是会被打进的，区别只是进中袋和进底洞而已。

可是，我的过去是怎样的。有一次我向 Doris 炫耀，只差一个巨蟹我就可以跟我所有交往过的女孩把十二星座凑齐了。Doris 听后不屑地说，这没什么，我仔细想想其实追我的人可以横垮两回十二生肖了。她的话没有半点的虚假，因为她那么优秀，谁都会喜欢，可是她的完美和真实会令我感觉到世界是虚幻的，也许因为是太虚幻，所以我才经常克制自己千万不能深陷其中。Doris 在一个电话里也曾告诉过同样的想法，但她却认为我才是虚幻的中心和本质，她说这是因为她不了解我的过去，我们像谜一般认识，又像谜一般在一起，在外人看来这些都是不可能的，我们甚至都没真正了解对方，所以她觉得我也是虚幻的。我说，不会的不会的，等会儿你问问移动公司，这一个小时的电话是打给谁的，他们一定会告诉你的确有我这样的人存在。

不过，我一直不知道她所说这句话潜在的含义究竟是什么。最后一次见 Doris 的时候，她就坐在我的身边，橙色的沙发映着昏暗的光，她靠在我的肩膀上突然说道，真想这样一直坐着，到六十岁。

我补充说，然后起来一起吃碗麻辣烫。

她笑了，吃完了再坐下来坐到八十岁。

我再补充，那时候我已经八十五岁了，我活不到那么久。

她问，为什么不会？

我说，因为我曾经答应上帝我要用最后十年的光阴换取年轻时与你的相识。

她说，别这样说，我会有蛀牙的。

我问，为什么？

她说，太甜蜜了。

是有点甜蜜，甜蜜到会令人想到永远。永远。二十岁的那年夏天，我有个双子座的女朋友。她对我说要爱我爱到阿尔卑斯停产的那一天。两个星期后，我们做完了这个年纪所有该做的一切，也包括说分手，分手是她提的，以至于那天我买了许多阿尔卑斯奶糖作为停产前的纪念版来收藏。可笑的是，阿尔卑斯现在的确停产了，而我疯狂收购的糖到现在还埋在地下没吃完。

所以 Doris 要我答应永远别离开她的时候，我就显得很木讷。在我抽七星的那个年纪里，我也傻呵呵地想到过永远这个词，后来我长大了，渐渐地发现在我内心的字典里还有一个叫改变的词，这些改变像癌细胞般不易察觉却又扩散激烈。Doris 也一样，在她的字典里还有许多对于改变这一词的注释——新鲜或是厌倦。

L 听完我跟 Doris 的故事后说，我爷爷说的没错，你们人类就是一个不负责任的种族，没想到对于最高尚的爱情也是如此，你不仅对爱没有信心，你对自己也是，记住，你不是预言家。

我的确不是一个预言家，可 L 却像是一个寓言家，他似乎是在用各种事实来强调一个人应该有责任，而做任何事情本应该是毫无保留的。

约翰的左手是在战争中失去的，在此之前他曾用他的左手卸下了七个身穿板甲的牛头人的头颅，那些鲜血就像一杯打翻的西瓜汁一般浸泡在他的衣服上，他从来没有杀过异类，但为了保护家园，他不得不加入防御部队给予敌人致命的创伤。约翰会把那七个头颅挂在他家的大吊灯上向来访的客人炫耀，其实他只是在掩饰自己在失去手臂后的痛苦。如果 L 在，他一定又会说，你错了，我们精灵不会为失去手臂显得丑陋而感到痛苦，约翰哥哥始终是值得敬佩的，因为他用他的责任保卫了家园。

下山回来的路上，约翰向我问起 L 的消息，我不知道怎么面对他的问题。L 是森林里的孤儿，父亲曾和约翰一起抵抗外敌，只是约翰活下来了，而 L 的父亲战死沙场。L 的父亲死后没有任何遗言，但是大家都似乎觉得应该有责任将 L 抚养长大。所以 L 的突然失踪，给精灵家族带了一个不小的震撼。

我不知道他到了哪里，但是 L 说他会在冬天之前回来。

他一定去寻找他的 Y 了。

可是 Y 死了。

上帝要考验一个人的时候总喜欢剥夺他的某些东西，这不叫死，就像我的左手，考验着我的勇气和使命。

也许你是对的。尽管我这样说，可是我并不这样想，我不信任何宗教，但是我现在却非常讨厌上帝，因为他和我一样，很无聊。

床边，妈妈还未读完手中的故事，对面小木屋里的孩子们就已经睡着了，在这个貌似童话的世界里，孩子永远是幸福的，因为在他们的眼里，没有战争，也没有爱情。

在这个春天将要过完的时候，L 托送牛奶的秃鹰给我寄来了一封信。信在云卷云舒中随着秃鹰的羽毛飘落下来，那时我正坐在屋顶数着牧场中的牛羊，望着熟睡的小精灵，我的身边放着一本至今都舍不得看完的《寒冬夜行人》。在我做文学青年的年代里，我一直梦想着有一天可以成为卡尔维诺这样的天才，我也一直以为我能在文字中找到自信，但事实上，我只是一个除了写东西以外什么都不会做的人而已。

夜幕降临的音调覆盖了我翻弄这本书的声音。风吹起的云层在月光下打出的投影隐约遮盖了小说的第一章。但这完全不会影响我的阅读。我喜欢看书，也喜欢听每个人所讲的故事，这是从小到大所养成的习惯，长大后渐渐自己也会编故事了，但却没人喜欢听了，我开讲的时候他们都会把眼睛闭上，假装睡得很香。后来 Doris 跟我说她喜欢听我的故事，于是我就喜欢上了她。不过我发现，这只是她爱屋及乌的表现，但她的做法，却渐渐让我重新找到自信。

L 现在也喜欢在他的信里大篇幅地写游记故事，但是内容都不是我在意的，我在意的是 L 到底有没有发现他无意间拿了我的钱再突然想给我寄回来，可是信函里就只有一张纸，写着密密麻麻的线形文字。大概是说，他已经收集到了各种物品，只差一两个零件就可以把扭转时空的闹钟带回来了。至于细节，他会告诉我杰夫船长手臂上的刺青很酷，尼日利亚的古堡里有吸血鬼为白血病患者输血，以及西伯利亚的猪都会在森林里拉雪橇。

最后，他在信的结尾说，傻瓜，我想你了。

我很气愤的是，我不是傻瓜，我也不喜欢跟男人暧昧。但是 L 的话总会令我感到怅惘，我知道，此刻，我是在想念 Doris。曾经在我难受的时候，Doris 总是以各种这样的方式讨我欢喜，有一次在我失眠的夜晚和她通电话，她突发奇想地用诺基亚的声控标签功能和我说话，她把要说的话打在通讯录上，然后把手机拿到听筒旁，一按确定键，就传来一个男人的声音，和 L 说出来的效果是一样的——傻，瓜，我，想，你，了，早，点，睡，觉，吧。

尽管无法适应一个男人对我说这些话，但那一觉我却莫名地睡得很甜。

第二个冬天，赤道的海水在北回归线以北结冰，而所有候鸟都开始收拾行李向南迁徙。卧室和厨房的角落爬行着老鼠，L 就曾经说过，老鼠四处走动是因为有人要来。这跟乌龟叫喊的理论一样也是他的假设。如果假设成立，那么这次要来的人会是谁呢。我推开门，打着橘黄色灯光的电车驶过谷莱河。我开始想象 L 的模样，他应该背一把吉他，和八十年代的流浪歌手一样，满脸的风霜。电车的窗户是关着的，呵着一层纯白色的雾气，L 消瘦的身影靠在玻璃上挡住了门外已经被雪覆盖的家乡。广播说，乘客们，到站了。L才转过头，脸上略带幸福，和下午三点的阳光一样。他竟然真的回来了，背着麻质背包，从白色的雪地上走来，那双真皮登山鞋弄下的脚印很快就被新的雪填埋。我想他是看到我了，于是他加快了脚步。他不在的日子里，我回忆过很多过往，也反省过很多道理，他的回来是否标志着我的回忆应该结束，反省也已彻底。

搞定了？我问他。

嗯，他说，都搞定了。

我们在屋檐下拥抱，我注意到他得意洋洋的样子，他也注意到我把木屋收拾得格外干净，没有蟑螂、蜘蛛和白蚁，老鼠除外。桌上还摆着甜品和汉堡，L误以为我是为他的归来而准备的，似乎显得很满意，他坐下放下沉甸甸的背包，狼吞虎咽地吃着，他吃东西的样子很可爱，眯起眼睛像一片巧克力夹心的鬼脸嘟嘟，如果Doris也在她一定会很喜欢L，换句话说，如果Y在，她也会很喜欢我。L回来后，不知道为什么，我总把Y当成Doris，把L当成我自己。

说说你的优点吧。我没有想跟L叙旧的意思，但却突然这样说道。

什么？L抬起头，专注地看着我，他已经在为这个问题找答案了。

说说你的优点，我想知道Y为什么会愿意跟你在一起。

没有为什么，因为我值得信任呗。

多美的答案，可是又能说明什么呢，也许这也是我和他的区别。

这些天的房间里会传出一阵刺耳的声音，L没日没夜地在桌前制作和拼凑零件，我真担心L的智商会把这些东西组装出一款数码产品来或者一把AK47来。就像我曾经废寝忘食地写小说一样，下笔前是想写童话故事，完成后竟成了恐怖悬疑类读物。

如果这事真成了，如果你不想让Doris离开你，你就紧紧握住她的手，记住，不要让她失望。那一天黄昏，L在书桌上调试着闹钟，突然冒出这样一句话。

你只把时间回归到三十二年前，可是你的 Y 是在更早的时候失去的。我认真地跟他说，认真到我竟然相信这玩意真的可以回到过去，难道我也开始变得和 L 一样了。

　　而他却很平静地说，我不回去了。

　　为什么？

　　因为我昨天梦见她了，她说她知道我是爱她的。

　　这样就足够了？

　　对，我想通了，这样就足够了，其实在不在一起并不重要，重要的是让她知道你爱她，可是你永远只遵循前半句，所以 Doris 不知道你爱她，她一定不知道，所以该回去的人是你。

　　你认为我爱她吗，可是我该怎么让她知道？

　　爱的，但是你没毫无保留地爱她。L 终于停止摆弄手中的闹钟，回头对我说道，我知道你是怎么想的，你认为爱情就是一个自由市场，可以出售，可以购买，可以讨价还价，可以交换，甚至可以拒绝，你还认为在这个市场里爱的太多它就会通货膨胀，你是害怕你的爱会贬值，所以你很是收敛，很是萎缩，但绝对不是你不爱。

　　咔嚓。在没有防备的情况下，L 启动了闹钟，指针在迅速地倒转，像蜗牛的螺旋壳，我盯着它许久，头晕目眩，我像是被卷进刚拔完橡皮塞的浴缸，正通往黑暗的下水道。整个过程，我只听见 L 说，亲爱的，再见。

　　我再次睁开眼睛，是在电影院楼下的麦当劳门口，Doris 提着她的手提包从街的那头走来，化着淡淡的妆，她朝我微笑的时候我才回过神，我是在等待与她相见，之前不断看着手中的表，我想我一定等了很久，但也不过是一个下午，光阴却又似恍如隔世。

　　对不起，我迟到了。她轻声说道。

　　时间是相对的，如果我们不是同时抵达，总会有一个迟到。

　　你在说什么呢？

　　没有，每次都让你等我，这次不会了，从今以后也都不会了，以后让我做你的影子，不再存在距离。

你又在说什么呢，这么肉麻。

没什么，刚刚盯着那海报做了一个梦，梦见三十年后的自己。

那时候我们还在一起吗？

看完电影你就知道了。

那今天看什么电影呢？

我抬起头，一张电影院巨大的海报上写着《灰之寓言》，L 的脸蛋就画在字眼的背后，两只长长的耳朵就贴在他的脑袋上。我指着海报说，就看这个。

我牵起你的手朝里走去，尽量想象着生活的美好，努力让时间分割成两半，让黑色的从脚下的阴沟盖的缝隙中流走，再把斑斓的时光打碎，和你在这个世界中一起拼凑。我以为我不曾爱过你，我不曾生你的气，和你在一起时，不曾感到快乐和难过，可是在一分钟之前我却表现的出人意料着急，因为我无法忘记在将来的某一段时间里差点完全地失去你。我要紧紧地握住你的手，爆米花的味道夹着你的橘子味的发香，还有阳光从背后的玻璃窗中折射过来，恋人从我们身边经过，他们在耳边细语，所有事物都充满快乐和满足在我们心里徘徊。

而这，只因为有了爱你的责任。

作者简介
FEIYANG

　　李遥策，男，1985 年 11 月生于浙江温州。在《萌芽》等刊物发表文章。（获第七届新概念作文大赛一等奖）

是谁遇错了未来

◎文 / 杨雨辰

在大部分的时候，灰姑娘只是灰姑娘，永远变不成公主，而王子却往往是披着华丽外衣的痞子而已。就是这样，苏洪起说，This is life.

苏洪起说这话时嘴里叼着一支三五，烟头的火光随着他的双唇翕动起伏，忽明忽灭，烟草燃烧时的腥香味道混含着一定数量的暧昧因子，在路灯昏黄的光线中缓缓上升，让我不由得浮想联翩，想到生想到死，想到无处不在的隐喻和永远无法挣脱的劫数。生活，不过是一场巨大的阴谋，我们都是被未知操纵着的提线木偶。

“走，吃饭去。”苏洪起吸完一支烟，用左手的拇指和中指把烟蒂弹开，烟蒂与尘土碰撞，擦出了细碎的火花，又在瞬间熄灭。

还是那家没有招牌的小店，稀疏的塑料帘子似乎并没有起到阻挡蚊蝇的效果，混浊的灯泡里，钨丝的升华攫取了小昆虫的灵魂，它们奋力地冲撞，不断发出“噗噗”的柔弱动静。

苏洪起坐在靠墙的一张油腻的桃木桌前，大声吆喝：“两碗牛肉拉面！都要辣椒！一碗不加香菜！”他的喉结伴着声线，不受控制地滑上滑下。我把手指肚放在那个硬硬的骨节上，感受着似乎另有一个生命依附在上面。我不由自主地摁了下去，苏洪起开始剧烈地咳嗽，他蹙着眉头打脱我的手，低吼道："边静你他妈想弄死我是不是？"

我是从来不吃香菜的，不知道为什么，就是没来由的讨厌。苏洪起将那碗没有香菜的牛肉拉面推到我手边，劈开一双一次性的木筷递给我。夹杂着牛肉和辣椒的蒸气笼罩着我们的脸。恍惚中，我们谁也看不到未来。

后来我听了田原的这么一首歌，我偏执地认为它能概括了我那时所有的感受。田原披散着头发，她坐在酒吧里的金属旋转椅上抱着吉他安静地唱着。

"All I need is a sharp knife to cut the tails you are afraid to show." 我拿捏好语气重复这一句话，"cut the tails you are afraid to show." 我低下头的时候，额前的碎发零散地滑落下来，把眼前的视界分割成各种不同形状的几何图形，像是粘连着的一块碎镜子。

潮湿的空气中弥漫了不知多少种未知气体，混合着产生了化学变化，每个人的心底这个时候都产生了稀盐酸或者稀硫酸溶解金属时上升的气泡，没有人是清澈澄明，总是会剩余着无法溶解的杂质，沉淀。

苏洪起的鼻尖沁出了细密的汗粒，但他依旧有本事毫不停歇地一口气吃完拉面，抹抹嘴巴揉揉胃，心满意足地打一个饱嗝。此后的时间我遇到的所有人，都再也没有一个像他那样吃饭的。所以，我不得不承认，我还是在某种程度思念了苏洪起，尽管我极力想把连同关于这个人所有的回忆生生地从大脑沟回纹路里剥离，可我始终无法成功地做到。苏洪起作为一个人，或者作为某种形态，是抹不去的。

这时候的路灯已经陆续亮起来了，更多的昆虫挣扎在灯泡壳子的温暖光焰里，前赴后继，像是生生不息的朝拜者，对它们心目中的神顶礼膜拜着。我在想这算不算是用一种形式上的毁灭而争取到灵魂永生的资格。可去他妈的，谁又知道呢？

"边静，抽一根不？" 苏洪起从兜里捻出一个烟盒，抖了两下，抽了一根，把过滤嘴送到了唇间，掏出 Zippo 的打火机给自己点上，深吸了一口气，表情惬意。见我没应声，便兀自说，"边静你真他妈是个怪胎。"

　　苏洪起这样说我并不是因为我跟他在一起厮混了这么久却没学会抽烟，每个在他身边的姑娘都抽烟，包括我。有的是认识他以前就抽，有的是受到他"抽二手烟的危害比抽一手烟还大，所以从现在开始你要学会抽一手烟"的教唆，从此开始吸烟。苏洪起那么说我是因为我不想抽烟的时候一根都不碰，倘若有那么一天很有兴致抽烟的话，我会不声不响地连抽完一盒半。

　　我看着苏洪起眯起眼睛享受着，他的烟像是正在被一个莫可名状的嘴巴吞噬着，深橘色的舌焰舔噬着烟头，在烟草叶和焦油尼古丁中翻跹。苏洪起左手捏着烟蒂，右手把玩着那只 Zippo。

　　那只 Zippo 我是认识的。它是苏洪起的女友三送给他的。苏洪起有很多女友，他叫她们"娜娜""宝宝""莉莉"，我却一个也记不住。所以我只好按照她们出场的先后次序分别叫她们"女友一二三四……"简单毫不带有任何感情色彩的数字。像她们飞蛾般毫无意义的前赴后继。

　　苏洪起所有的女朋友们见他之前都要花上一段时间化浓得晕不开的妆。厚厚的粉底，浓墨重彩的眼线，尾梢还要挑上去那么一笔。赤橙黄绿青蓝紫的眼影和唇彩。矫情得不留余地的香水。

　　苏洪起当着我的面叫她们宝贝儿，抱她们，亲她们，捏她们。她们就又是一阵半推半就和嗔笑尖叫。震得空气在凝结中碎裂，碎片落地时划破了我的耳膜。这时候苏洪起的女友一二三四毫无例外地挑衅着斜睨我。我说苏洪起我得走了，明天还上学。苏洪起"哦"一声，重新把脸埋在她们的胸膛里。

　　对此，苏洪起曾经毫不矫饰地对我说："我就是个流氓痞子混账。"我低了头，不想见到他一脸执拗。苏洪起扳过我的脸："你他妈看着我。"我掰开他的手，因为过于用力而在我脸上留下绯红的痕迹。我说："苏洪起你他妈的有病啊。"苏洪起眼睛里的火像是被浇灭了一样，瞬间黯淡下来。他嗫嚅着："边静，你不懂。"午后的阳光穿透大气层，划破天空的正负离子，打在苏洪起的侧脸上，棱角分明得像被镀了一层金。直到现在我也无法找到任何合适的形容词或者比喻句来描述苏洪起的表情。他说对了，我不懂。我怎么可能去懂一个自称为流氓痞子混账的流氓痞子混账呢？我想，苏洪起真他妈的是最隐喻的隐喻。

晚饭后的我和苏洪起通常选择步行到市中心的天桥，坐在栏杆上，往下望着金碧辉煌的夜景，声色犬马，纸醉金迷。一个醉酒的男人趴倒在路边，大口大口地呕吐，剧烈的呼吸让他的胸口一起一伏，像是一条濒临死亡的鱼。

我跟苏洪起坐在一起，看来往的姑娘的大腿小腿，并戏谑地在她们恰好路过我们面前时长长打一声口哨，然后乐不思蜀地看着姑娘们怒目而视，又踩着高跟鞋"笃笃"地向前小跑。有时我们甚至无聊到假装是亲密无间的情侣，等卖花的小孩过来以后，苏洪起会用各种方法把他们吓跑。

"当我女朋友其实也不错吧，嗯？"苏洪起眯起眼睛笑着看卖花的小孩仓皇逃跑，"我可以保护你。"

"滚你丫的吧。"这是我的回答，同时甩开他搂着我腰的手。

"行了，开个玩笑你还真不识逗，你以为谁都跟我们家那老太太一样的欣赏水平啊？"苏洪起掏出 Zippo 打火机。

苏洪起说的老太太是他奶奶。苏洪起他爸妈很早离婚，又都再娶再嫁，谁也不愿意带他一块过，他就跟着他奶奶住在我们市里桥西的筒子楼。苏洪起说他爸他妈就是死了他也不会去坟头上给他们烧纸。我说你个浑蛋不孝子。苏洪起冷笑了一声：是他们教我的。

我是见过苏老太太的，有一次苏洪起带我去了他家。

苏洪起家住在桥西，我们市的最西边，那里都是些老房子，褴褛得像衣不蔽体的老乞丐，瘦骨嶙峋，是剥落得失却原色的砖瓦。从窗口伸出的晾衣架，是戳穿皮肤的粗糙骨节。衣架上的胸罩内裤无时无刻不在沾染着灰尘微粒的空气中飘扬着，俯视着市井俯视着喧嚣。

楼道里潮湿阴仄，甚至偶尔有几只蟑螂或老鼠贴着墙壁一闪而过。

被油烟熏得乌黑的墙壁上是小孩子们的涂鸦，歪歪扭扭的算术式，和幼稚体的"××大好人""××大坏蛋""×××爱×××"。各家的油腻灶台都摆在走廊里，不用的时候就把大块的硬纸板盖在上面，抚不去的尘土油烟，酱醋茶渍。

我们走到楼道尽头的时候，看到一个干瘪的老太太正在把一袋大米往屋里扛。苏洪起把烟掐灭，上前并了两步，抢过了老太太的米，说："你怎么就说不听了呢！告诉你多少次不要一个人搬这搬那了！你说你一老太太要是突然撂倒在半路上谁救你啊？"

老太太的胸脯狠狠地窝陷下去，之后是长长的叹息。我知道，她就是苏老太太。

我本来以为苏老太太会跟苏洪起一样剽悍，起码是个脾气火爆刁钻古怪的老太太。但事实上并不是这样的。苏老太太的头发整齐地挽成一个髻，服帖地盘在脑后，时光雕刻在脸上的是没有被风干的印痕。她呼吸粗重，像旧时候风箱被抽拉时的翕动声，一双被裹小的脚掌不能平稳地站在地上，即使是最平坦的地方。苏洪起把米袋扛到屋里的时候，她就扶着油腻的灶台，从兜里掏出来叠得工整的方格子手帕，擦擦几乎要渗透进皱纹里的汗珠。

"嘿，你还愣着干什么！进屋！"苏洪起把头从门里探出来，招呼我。苏老太太回头注意到我，连忙把我让进屋子："哟，你是小洪的朋友吧？快请进快请进。"

那是个十多平米的阴仄小房间，挥之不去的是腐败的霉潮味。有那么一瞬间，在我眼中的画面全部褪却了颜色，像正在播放的放置于黑暗中已久的电影胶片，一帧帧的图层都是划痕斑点。墙上挂的是旧黄的照片。幼年时的苏洪起坐在草地上，捻着一只花皮球，张大了没有牙齿的嘴巴，奋力地咬着。身后年轻的妇人裙裾不小心飘入画面，拂过了苏洪起毛茸茸的光头。

苏老太太看起来似乎很高兴，她坐在我边上拉着我的手，喋喋不休："哎呀你是小洪的朋友吧，小洪这孩子从小就皮，你多说说他，别整天在外面跟不三不四的人混在一起，找点正经事干才对啊……" 我很局促地僵坐在床边，不知道该怎么回答，只好用另外一只手摆弄校服的拉链。我抬起头的时候苏洪起正拎起茶壶往嘴里大口大口地灌水，眼睛里漾着的全是对我不堪的嘲弄。

之后苏老太太又忙着张罗了一桌并不算很丰盛的晚饭。番茄炒蛋的糖明显过了量，拌的黄瓜里面竟然放了大把的香菜，蒸米饭时放了太多的水，舀在碗里时就成了白花花的稠稀饭。苏老太太给我夹了拌黄瓜，我屏住呼吸吃掉了几口香菜，终于忍不住冲到屋外呕吐，我的身体依然承受不了那种腥咸的味道。

当我尴尬地重新回到小茶几旁时，那盘拌黄瓜已经被苏洪起吃完，苏老太太一脸关切地询问我要不要紧，同时她眼睛的余光不时瞥到我的肚子上，我慌忙把衣服整理好，但这样多此一举的动作似乎更加容易让人误会到什么。

苏老太太叹口气，对苏洪起说："小洪啊，人家可是个好姑娘，你得好好对待人家啊。" 我以为苏洪起得捂着肚子笑上那么一会儿的，但苏洪起闷着头，把脸扎在搪瓷碗里边，用力扒了两口饭到嘴里，含混不清地应了一句："唔。"

后来苏洪起死了很多年以后，我又回去过那个筒子楼，那一片的每一个筒子楼的楼身上都用白色油漆写了一个很大的 "拆"，用一个更大的圆圈把它圈住，窗户玻璃已经被建筑工人一锤一锤地砸碎了。那种尖厉的破碎就像苏洪起喝完酒时用力把啤酒瓶甩在五米开外乱石上敲击碰撞的声音，翠绿色的玻璃碴散了一地，常常在灼人的阳光下刺伤了我的眼睛。

可那个时候的天还是很蓝，我们还那么年轻。我们穿着格外扎眼的衣服混迹于人群当中，只是那时的苏洪起皱一皱眉头从兜里捻出来一根烟，他的不屑击碎了所有外表华丽的虚伪。他说，边静，你跟那些个孩子不一样。

苏洪起坐在他的小摩托上，烟雾缭绕，笼住了他的脸，格外的不真实。我出了校门就一眼看到了他，路边正在回家的学生三三两两地结伴而行，又在窃窃私语后假装不经意地回头，瞟一眼突兀在电线杆边上的苏洪起，有时不小心撞上苏洪起对视的眼神，吓得立刻转过头去，大声地与身旁的同伴讨论着什么，掩饰自己的慌张。

我背着书包在苏洪起面前站定，他眯着眼睛细细地打量我，他说："边静，你跟那些个孩子不一样。"我扬起头，挑衅地看着他。苏洪起捏住我的肩膀，嘴里挤出几句话："别这样看着我。你要是个男的，我早一拳掀翻你了。"擦身而过的学生们纷纷转过头来看，苏洪起于是放开我，干笑两声："哈哈，甭管你穿上个什么破烂校服，在我眼里也只是一头披着羊皮的狼。来吧，小狼崽子，上车！"

我把书包甩在身后，腿一抬，跨上了车。苏洪起每个星期都会有那么三五天到学校门口去接我，用他的小破摩托载着我兜风去。我们紧贴在一起坐到车上，摩托车发出很响的引擎发动声，无论我们走到哪里都能引得一阵喧嚣和几声咒骂。我是从来不戴头盔的，苏洪起加速的时候，我们两个人都被强劲的风吹到泪眼婆娑，却腾不出手去擦掉。苏洪起说他就是喜欢带着我兜风，因为我的沉默，不像他的女友一二三四，稍微快一点，她们就要尖叫或者抱怨自己的发型被吹乱了。

我于是在以后很长一段时间里都在想，如果我从一开始就和他保持距离，像其他的女孩一样见到他就战栗，尖叫几声"你不要过来"，或者在他劫我钱的时候老老实实地把自己的皮夹子掏出来给他，那么一切是不是都会不同？那么到底我和苏洪起，我们两个，是谁遇错了未来？

命运是很奇怪的东西，我们每天都在用不同的形式改变着生命运动的轨迹，我和苏洪起是两条注定纠结不断的毛线，注定其中的一条消失，然后苏洪起注定选择了消失。注定。到底注定了什么？是谁下的注，谁下的定金？

我高二开学的第五十七天是苏洪起当流氓的第三百八十天。后来他是这样告诉我的，我就相信了。

那天是我要缴补课费的日子，在那个女人不满的眼神里，我爸从钱夹里掏出来一张粉红色的一百块，他说："边静你给我拿好，这回再把钱掉了，看我不打断你的腿。"这个微微发福，头发稀少，并且眼角已经有了明显鱼尾纹的中年男人，他是我爸。那个女人是他老婆，但不是我妈。我妈生我的时候就死了。

我拿钱走出家门，女人与男人在我背后争吵的声音不绝于耳，天还没有亮透。所以我有机会遇到苏洪起，当他在楼后边用手撑着墙壁努力呕吐的时候。见我过来，他回转身，连着酒味吐出这么一句话："小妞，把你身上的钱给我。"我笑了一下，因为我看到他嘴边还挂着没有抹干净的垢物。那个时候，没有阳光，一切都不真实起来。

苏洪起看到我的笑，愠怒着掏出烟，喘匀了气，给自己点上了一根，大口大口地喷出白色的上升的气团。我突然上前抢了两步，夺过他的烟盒和打火机，苏洪起没站稳，被我推到墙角，黑色的外套蹭上了剥落的墙皮。我在他大睁的眼睛中看到自己的映像，一根接着一根，抽完了烟盒里剩余的几根烟。

我把最后一根烟蒂扔到墙角的一小片草丛里，之后扬起头，戏谑地看着他。苏洪起就笑了，他笑的时候不是戏弄不是嘲讽，不多不少露出了五颗牙齿。半晌，没有人说话，苏洪起在猝不及防的沉默里猛然揽过我的头，在浓烈的啤酒味道中我闭上眼睛挣脱不开，慌忙中咬破了苏洪起的舌头。然后我带着苏洪起舌尖上的血一路跑到学校，但还是迟到了。

放学后我看到了堵在校门口的苏洪起，那时他没有骑他的小摩托。苏洪起拦住我，捏着我的下巴，眼睛里面是高高在上的桀骜，他说："叫声哥哥给我听我就放了你。"我任凭他用要捏碎我下颚的狠劲给我最沉重的钝痛，忍着不让自己发出声音。当力道逐渐减轻的时候，我看到他露出了五颗牙齿，喉结在他的脖子上游移滑动。他问我："你叫什么名字？"从那天起，我们就注定在以后的一段时间里要厮混在一起。

那时候的天还是很蓝，我们很年轻。苏洪起唆使我逃课，带我到不知名的小拉面馆吃面，带我见他的女友一二三四，带我到天桥上一起轻薄高佻漂亮的姑娘，欺负卖花的小孩，带我到他家去吃苏老太太过甜的番茄炒蛋和放了香菜的拌黄瓜，带我骑摩托车在马路或者高速路上兜风。

也许苏洪起会一直这样带着我东奔西跑制造喧嚣，也许我会在之后的某一天变成苏洪起的女友七或者女友八或者女友十，也许我有机会再到苏老太太那里吃一顿并不丰盛但却充满热情的晚饭，也许我会有一天在苏洪起的摩托后，一起和他撞在卡车的保险杠上，然后血流满地。如果不是那个女人的出现，这一切也许，也许都会变成现实的。

苏洪起带我到 TOTO 的那天，是我的生日，5 月 19 号。

那天我爸上班没有回家，他老婆不知道去了哪里。偌大的房间里只有我一个人，我对着镜子练习微笑，我用不同的表情不同的语气重复同一句话：哎呀，边静，生日快乐哟！但我没有忘记在之前回家的时候找了一块空地，烧了几沓纸钱给我妈，我亲妈。翩跹着的灰色纸屑，差点燎伤了我的眉毛。我站在原地定定地看着折翅的蝴蝶们漫天飞舞，多么像是在集体奔赴一场华丽却又未知的盛宴。一切都是未知。

"哎呀，边静，生日快乐哟！"我在镜子前面第十七次拿捏好自己的表情时，接到了苏洪起的电话，他说："哎呀，边静，生日快乐哟！"我们两个人谁也没有料到我的第十八个表情就是眉头皱紧，眼泪扑簌扑簌砸了下来。我握着手机不可遏制地抽噎着，我努力让自己的声音保持平稳，头脑继续冷静。挣扎了五分钟我知道这是徒劳，干脆放开嗓子嚎哭起来。

"边静！喂！你怎么了？"苏洪起的声音开始慌张无措。我举起手揩了揩眼睛，视界重新清晰起来，我摇摇头，但是想到他看不见，又补了一句："没事。"

"出来吧，边静。我带你到好玩的地方去。"

苏洪起说的好玩的地方就是 TOTO，一个小酒吧。建在最不起眼的一条小路的尽头。白天卷闸门是关着的，到了傍晚时，瘦小的穿着夸张服装男人拉卷闸门"哗啦"一提，这里就成了喧嚣糜烂的集散地，妖孽丛生。

赤橙黄绿的灯光下，人群疯狂地摇摆身体，闭着眼睛吸纳各种不明的气体，烟酒味道的暧昧混合成四处飞舞着的荷尔蒙。有人忘情地拥吻抚摸，歇斯底里地尖叫。丑陋的女人依偎在谁的怀抱里纵情。遍体鳞片的妖冶女子鱼鳃一样的胸脯起伏着，表情诡谲穿梭于舞池中。

我被苏洪起夹着，在舞池里面随着人潮荡漾着。苏洪起的半根烟好死不活地叼在嘴边。他说，边静，我喜欢你。我当做没有听到，把手举过头顶，跟着音乐摇来晃去。苏洪起头扎下来，把烟蒂丢在地板上，奋力地踩着。耳边不知是谁把口哨打得响亮。

之后大汗淋漓的我和苏洪起把自己扔在松软的沙发上，我们就这样陷了下去。苏洪起把头搭在我的肩膀上，大口大口地喘气。不一会儿，苏洪起叫的两扎啤酒就来了，服务生把它们掇在桌上。苏洪起抄起来一扎啤酒，扬起脖子小半扎就进去了。他的喉结像卡在喉咙里的一颗枣子。那么突兀。

我也学着苏洪起的样子，灌了大半扎到嘴巴里。腥涩的味道冲得我只想呕吐。我忍住眼泪咽了下去。苏洪起将剩下的半扎一饮而尽。泡沫粘在他的嘴边，他伸出手用袖子抹掉。我越过苏洪起的脖子恍惚看到扭动腰肢的妖冶女人。她穿着黑色的束胸短裙，皮质的高跟鞋有节奏地轻敲地板，她与一个男人跳贴面舞。灯光打在她的侧脸，漾出黯绿色的笑靥。

男人不是我爸，但女人却是我爸的老婆。

苏洪起在我面前摆了摆手："你是不是又想掐我了？"

我打开了他的手，端着半扎啤酒从沙发上站起来，走到舞池去，来到男人的身后，拍了拍他的后背。男人转过身来，我在众人的错愕中把杯子举过男人的头顶，然后慢慢倾斜，透明的黄色连着泡沫一起在男人的秃顶上流淌。

女人的微笑凝结在脸上，瞬间变得苍白。男人愤怒中抹了一把脸，抓住我的胳膊，另一只手正要甩到我的脸上，却被拉住了。苏洪起一拳把男人掀翻在地，引起了人群嘈杂的骚动。但音乐仍然在疯狂地撕裂着空气。

我看到男人从地上站起来，牙齿咬得太阳穴的青筋都暴了出来，像一只正在发疯的狗，随时要扑过来。那个女人愣在一边，怔怔地盯着苏洪起，全然没有了平时在家的颐指气使。我不禁轻轻地笑了。我不知道当我爸站在我这个位置上，看到那个女人扭曲的脸时会回应以什么样的表情。

男人从兜里掏出手机，还没有来得及按键，就被那个女人夺了下来，她说："大姜，算了吧，只是两个孩子而已。"然后回过头对我们两个人喊道："你们两个还不快走！"

这个时候苏洪起的脚下像被钉子钉住了一样，他死死盯住那个女人。半晌，他笑着说："哟，真没想到在这儿看见您了！"那个女人面色灰白，牙齿狠狠咬住下嘴唇，我从来没有见到她这副样子，即使她跟我爸吵得最凶的时候。

男人捆了女人一巴掌："老子丢了这么大人，你还想让这两个小兔崽子跑了？没门！"女人拖住男人的胳膊，冲我吼道："边静你还不快带他走啊！"

苏洪起怔住，他把我的头扳过去："这个女的是你什么人？"

"她是我爸的老婆。"我说。

苏洪起放开了我，用复杂的眼神看着我："边静，看来你真他妈的得叫我一声哥，原来我他妈是你亲哥……"

不等我开口，苏洪起就被几个人掀倒在地上，他们的拳脚雨点一样砸在苏洪起的头上，胸口，肚子。但苏洪起死了一样瘫在地上。那个女人跪了下来，拉住男人的裤脚，说：求求你，别再打了，他是我儿子。

他是我儿子。他是我儿子。他是我儿子。

在替苏洪起挨了那个啤酒瓶之前，我的耳边一直在回响着这一句话。之后，就安静了。其实我之前很想告诉苏洪起，她不是我妈，他也不是我哥哥。

再后来，我爸和那个女人离婚了。苏洪起再也没有出现过。

我每天吃我爸做的糊了的早饭，背着书包贴着墙檐小心走到学校去。上课看一堆堆的乱码，听一句句的废话。下课的时候看着前排的同学把一粒粒的粉笔灰吸到鼻子里面去，却还在奋力地想再多记下些什么。有的时候我很想给苏洪起打电话和他聊聊天问问他现在还好不好，可每次我将要按下拨通键的时候，又把手机的盖子关上了。终于有一次我按了下去，听到的却是"对不起，您拨打的用户已关机，请稍后再拨"。

对不起，您拨打的用户已关机，请稍后再拨。

那天我接到苏洪起女友四的电话之前，正在洗一只搪瓷碗，刚好它从我手里滑落，跌成碎片时手机响了。来电显示是苏洪起。

我说："苏洪起啊，你还活着？"

那边有人很大声地抽泣着："边静，我是娜娜，苏洪起他不行了，他头撞车上了，流了好多血，医生说不行了啊，撑不住了……"

于是我的手机也像那只碗一样，跌落在地上。

我到医院去，看到苏洪起的女友四躺在病床上，浑身上下都是血，我不知道那些血到底是她的，还是……

她见到我就又哭了，喃喃地说："今天下午苏洪起疯了一样地喝酒，他一直说他傻啊不然怎么喜欢自己的妹妹呢，后来他非要拉我去兜风，他往高速上开得那么快，你不知道啊那个卡车迎面过来就撞上了，苏洪起头撞保险杠上了，我就被甩出去了……"

我还是没有见到苏洪起的最后一面，他的身体被白布覆盖着，我却没有勇气去掀开。虽然我屏住呼吸，但还是遏制不住想要呕吐，我在医院充满着消毒水味道的厕所里狠狠地呕吐。然后，我擦干净嘴巴，发现自己哭不出来。

从厕所走出来的时候，我看到了那个女人，她老了很多，踩着高跟鞋匆匆擦过我的肩膀，没有看到我。而后我听到了歇斯底里的哭声，在医院里空荡荡地徘徊着，像最后一批候鸟盘亘在天空中，划破了最后的宁静。

很多年以后，我回到了那个筒子楼，它快要被拆掉了，我凭着模糊的记忆，找到了苏洪起的家，在门旁几乎要剥落的一大块墙皮上，我看到用黑色笔写着的一句话：边静，我们一起回家吧。

作者简介
FEIYANG

　　杨雨辰，女，曾就读于厦门大学。（获第九届新概念作文大赛一等奖）

第 3 章

似水年华

而当那些"记得"变成记忆的时候。是我们又开始
了新的路途

轮廓苍老抑或风华正茂　◎文/商朝基因

　　我相信我刚从娘肚子里出来的时候是不丑的。泛黄发旧的相册放在红木书柜的底层抽屉，静静地，已十多年。里面的几张黑白老照片即是明证。那是一个有着琥珀色瞳仁的婴孩，他散发香香的味道，身上穿着奶奶缝制的虎头棉鞋和花布衣裳，神采炯炯，可人儿的模样。我时常拂去照片上积蓄的些许尘土，与镜中的自己反复比较。已经有很多次了，我无法将他们统一为一个人：差距不是一般的大。

　　我十九岁，头发泛着零星白霜，皱褶也蚯蚓一般爬了满脸。

　　不堪入眼。

　　其实这个让我尴尬的差距早已形成。我相信人是会随着环境的变化要跟着改变的。最真实的例子莫过于我的姑父。他叫平利，和我邻村，长我五岁。他小时候是给生产队养过几年猪的。和猪们待的时间长了，他的嘴巴竟长得向前噘着，走路时口中也会含糊不清地哼哼唧唧。姑父当时的变化无疑让其父母吃了不小的一惊。当下里给生产队长掂去两瓶红星二锅头，辞掉了喂猪的差事。这已是很久很远的事，我的姑父也把它尘封在过往的日子里缓缓消弭，不复被人知晓。就我自己来说，却是在黄土高坡上耗去了生命的初始年岁。

那些日子里，我坐在塬上看着太阳蛋黄黄地从东山爬上来，又泛着橘红掉落在村西的河，留下天空里大片大片的墨黑深沉，眸子里是黄土、窑洞、嚼草料的驴子和垦荒的牛。掌灯的时候，家家户户炊烟袅袅，鸡们飞身树梢准备睡觉，老鼠从洞中出来闪晃着贼贼的眉眼，不小心从梁上掉落，砸了蜷在灶火旁打盹的猫。山沟里的房屋错落有致地被镀成金黄，这种强烈的色彩刀刻一般存留在我的记忆，它从不曾出现在我居住着的城市。还有村西的河。河中间有一块长着一株老迈桃树的沙地，小时候那是我无限美丽的风景。很多年后，我的记忆里总会不时浮现那株开在水中央的桃树，花儿灼灼怒放，水面上的红色涟漪一圈一圈地漾……

我出生在这样一个豫西南的小山村里，在那里长大。我认定一辈子也割不断与它的血脉关联。它童山濯濯并不养眼，河流曲曲弯弯也不清澈，但它是生我养我的地方，是我生命的初始景观，走得越遥远就越发留恋。

如果单单是这些，我可能还不至于出落成这般模样。娘那时让我坐在鸭群中吃饭，把粗瓷碗里的玉米糊糊煮洋芋分给鸭们哄着它们吃食。我有时不肯，大就解下头上的白羊肚手巾佯装抽打，然后轻轻落下……我相信这是我公鸭嗓音的由来了。高中时班里开圣诞晚会，我第一次上台唱歌时曾郑重地说："大家要做好心理准备，我的嗓子不是一般的差……"同学们也大多报以善意的微笑，但在我唱完歌后，却发现他们中已有几个佯装闹肚子而逃离了教室。

更可怕的还有风沙，我的成长见证了黄土高坡上生态恶化的全过程。我粉莹莹的小脸裸露在干燥且凶狠如刀的沙尘天气里，肉色随着高原上的水和土同步急剧流失。日复一日。月复一月。年复一年。最终造成了不可修复的毁灭性后果。

那天正是我应该改称平利为"姑父"而不再是"哥"的日子。我钻进姑姑的房间里看她被妆成美艳如狐的模样，又看见了一面镜子。那是我第一次见到镜子。我是听姑姑说过镜中的那个人就是自己——但我还是被自己吓坏了。我看见自己黑瘦如鬼，鼻涕爬过了嘴唇又伸向下巴——我马上将其撸去，想让自己变成一个干净的孩子。又拿了姑父给姑姑买的洗面奶狠命往脸上涂。接下来我悲哀地发现，这基本上是不奏效的——我哭了。

我的哭喊响彻堂屋，成为他们婚礼中不和谐的音符，这一点我至今惭愧。姑父闻声赶到，他的脸面被胸前红艳硕大的花映得亮堂堂，一脸漫溢的幸福。这个闹剧以他和我半小时的陪伴与谈心而告结束，后来我每每想及，也觉得自己太幼稚。

只是从那以后，我觉得平利姑父更是我贴心坎儿的人。

说"更"是因为，我和他从小就是一块儿玩大的伙伴。

对于姑父和姑姑的结合，我在很长一段时间里曾认为是姑姑馋嘴的结果。

她从八岁起开始每天挑了泔水喂猪，肩膀上的茧结得老厚。哪里有压迫，哪里就有反抗。姑姑的个头窜到了一百七十几公分，长成一个美丽的姑娘。她有一个与生俱来的嗜好：爱吃羊肉。她听见羊叫唤是要流哈喇子的。于是我总觉着姑姑是由于姑父家里的三十一只羊才嫁过去的。

我去问大，大说你净瞎掰。

但姑父的羊后来卖掉了。这是后话。

很多年后我明白，小时候躺在草坡上曲肱而枕，能够听羊们发出动听的"咩咩"，也听鸟鼓翼而过时洒下的脆亮亮的叫声流入耳中，看着天上开满棉花胎般的云朵，是一生中的好日子。我把这想法讲给姑父听，他听了两句半之后却已陷入沙发里发出雷霆一般的鼾声，啤酒肚随之不住起伏。他现在吃过饭总要呷一口 XO，打个盹的。而且他刚从新加坡旅游回来，疲惫不堪。

我一个人坐在他家那宽阔的客厅里发呆，回想起了过往的年岁。我那时还管姑父叫平利哥。

平利哥的娘十五年前在河边洗衣时滑入水中溺死，他大因为救她也没有从河中再露出头来。从那时他开始一个人面对世界，伴随着他的，是他的二十五只羊和我。

我和他最常做的事是把羊群赶到草坡上，羊们站在那里啃青或者抵架，我俩躺在草地上，看。羊的嗅觉是很灵敏的，每次他都不忘了从地里刨了生姜在羊的鼻子上蹭几下，于是羊们就会拼上浑身气力抵上大半天……羊的数量在两年后发展到三十一只。

不放羊的日子，他会挎了一竹篮煮鸡蛋去火车站叫卖。每一次收毕卖鸡蛋的钱，他都会掉头疯跑。因为鸡蛋是臭的。于是十多年前他瘦弱的背影总在火车快起步的时候出现在车窗口。

鸡蛋啦！喷香的煮鸡蛋啦……

我的任务是当他万一跑不及的时候，就抱住追他的人的腿，说可怜可怜我吧，我饿……于是我整天把自己的衣服搞得破破残残，要像一个乞丐才行。

我的酬劳是一次一只不臭的煮鸡蛋。如果他仍被人追着打，我的煮鸡蛋便不会得到。

那时的平利哥时常会为了一只玉米棒子而把眼瞪得牛一般鼓胀，然后争吵或者动手。他坚韧得近乎刻薄，我想我能够理解他。

因为他要活下去，一个人。

那些日子我俩都还小。过了那些日子，我仍幼小，他慢慢长大。

姑父曾对我说过：鸽子啊，人一辈子本就是吃几布袋的盐——如果我现在背几袋子的盐放你面前，说这就是你的一生，你又会有什么样的想法？我觉得还是要有点醋啊、胡椒啊什么的，否则未免单调——所以要斗！要争！

他向我灌输这番言论时的身份是 B 酒厂的销售员。买来的职务。代价是三十一只羊统统出卖。当然，从现在看来，值得。

我觉得姑父应该是属于那一类被称之为"先富起来的人"。香车洋房一样不缺，家里养的那条黑贝的狗粮要二百来块一包。客厅里也有一柜的书被灰尘厚实地蒙盖，他是不识字的，但他所在分公司的销酒量占到了 B 酒厂全年销售量的七分之一。平日开工作会议也会把唾沫星子喷在手下的大学生、研究生们低垂的脑袋上。记得有一次他喝得高了些，把我喊了过去，嚷嚷：喊姑父！喊了给你钱！

我怯怯地叫了一声：姑父……

他从包中抓起一张老人头重重拍在我的手里。生疼生疼。我低头去看，毛主席在我手里冲我绽放微笑。

那天我大概喊了有十七声。

不幸的是，我得到的钞票第二天被娘悉数搜刮。

姑父从销售员做到副厂长的位置用了不到一年的时间。销售任务的超额完成诚然是一个重要原因，更让他声名远播的却是那一次 B 酒厂高层会议上的打人事件。

被打人是刘某，挂职副厂长，脾气火爆。刘某平日工作出力而不出业绩，又是个散漫之人，报表、账目做得一塌糊涂，于是一直有传闻说他做黑账。

开会时姑父恰巧坐在他的身旁。刘某大概是残酒未醒，一开始就头脑昏沉地躺倒在姑父的肩膀。而姑父一直在认真听厂长做今年的工作报告，由于不识字，一切的账目是要全凭脑袋算计的，不免分神。他终竟是年轻人的脾性，口中嘟囔了一句：刚开会就睡，怎么光长岁数，不长能耐……

然后刘某暴跳如雷，揪住了姑父的衣领与头发。

再就是姑父双手把刘某举起，摔在会议桌上。拳脚相随。

我听姑父说这些的时候忍不住打断了他：他毕竟是副厂长哩，你咋敢有胆打他呢？

　　厂长不让我下手，我敢吗？傻娃子……姑父笑了。哈哈哈哈。眼睛是一条缝。

　　隔了两日，他取代刘某的职位。

　　在这之后，他的腰包与肚皮都日渐挺起。只是有时他遇上不识的字问及他的女儿莹子时，莹子总会不屑地说：这么简单的字都不知道，还当厂长呢！

　　他听见后尴尬地挠着头笑。嘿嘿。

　　姑父由于工作业绩突出，今夏被公派去新马泰玩了一星期。我在接到高考录取通知的时候也知道了他刚出国回来的消息，想起这半年来忙于高考，已很少见他，就去他家里看看。

　　姑父听到我考上大学的消息后，我是真切地感受到了他的激动的。他说，鸽子啊，你可是咱村里的第一个大学生哩！然后掏出了一个新款的诺基亚手机硬塞进我的口袋，说是礼物。

　　经历了高考，我明白自己的轮廓会更显苍老，我知道自己的脸上又多了沧桑。这总让我想起在生养我的小山村里度过的岁月，他们无限美好。前几天回去，山水仍是我梦里亲切的样子，只是老人们的脸上又添了几道皱巴巴的纹路。而我的老太爷，年前我还曾捎了几斤饼糕去看他的，现在却已是了那块青石板上刻得齐整的几行阴文。

　　见到姑父，我也向他说起了村里新近发生的事。他把屁股深深陷入沙发，提不起兴致。

　　我说姑父你还记得咱俩以前吃长了白醭的馍的日子吗？你还记得看羊们抵架的日子吗？我觉得能躺在地上看着天上飘着一朵一朵的云，听着像银铃碰银铃一样好听的鸟叫，真是好日子哩……

　　可是姑父却已发出了如雷的鼾声。啤酒肚是一口倒扣的锅，一起一伏。

　　我家的猪快下崽的时候我背起行囊踏上了念大学的路。我走在人潮汹涌的城市里，迷茫如一只困在鸡笼里的麻雀。僵硬的柏油路毫无感情，我的脚被咯得扎骨头疼，我穿着锃亮的大头皮鞋行走在城市里的旮旮旯旯，泪珠子刷刷地往下咕噜。皮鞋使我和泥土失去了肌肤的亲近，我憎恶着它们对我不留情面的禁锢。我也呼吸着终年污浊不堪的空气，这些空气和毒药没什么区别。我站在摩天大楼的巨大阴影里，两手空空像粒尘土，我张大了嘴巴想呼吸田野里充满泥土清香的湿潮的温润，可我知道这不可能。我滑稽的模样引来城里一拨又一拨人的讥嘲，我立在那里动弹不得，如一只站在岸上的鱼。

　　我很喜欢的一个作家写过这样的话：生活本就是堆积在一起的一些日子，日子整齐地过去，烦恼无序地来。我在日子里摸爬滚打，只换得一身尘土与满脸令人唏嘘的沧桑。

　　我在把自己改变成一个城市里的人，身在此山中，这是没法子的事。我越来越感觉到，这城市是我家后院里歪脖柳树上的大马蜂窝。人们拥有同样的死寂五官，用同样的腔调说话做事。人们浮躁如马蜂，整日里嗡嗡地在报纸电视上谈论美女作家和试管婴儿。对于这些，我从根子上是不习惯的。我喜欢的还是黄土高坡上泛着巨大晕圈的太阳的慢慢落下，还有山头上正垦荒的被镶上一道金边的老牛。老牛"哞"了一声，又"哞"一声，它唱的歌一荡一荡，漾向远山……也许历史就是这样耕出来的。

　　我在田地里会感觉到深深的沁入骨髓的惬意。我听见野花开放时它们羞涩的成长的歌，也听见笋子在地皮上争抢着探出脑袋时浑厚结实的号子。我热爱生养我的善良的土地，土性早已浇铸在我的灵魂之中，我无法割舍与她的血脉关联，我爱她。虽然我的轮廓苍老，但是我现在却在感觉到我与她距离的遥远。这让我无比痛苦。我无法做到像姑父那样快乐而安心地忘记过去。我也觉得现在的姑父不会再是以前我喜欢的平利哥了。

我有时会想，那些有着轻淡的云和风的日子或许真的已经远去，我曾经的平利哥已经长大而且风华正茂着，而我，还没有来得及长大，却已苍老了轮廓。

就是这样子的吧。

商朝基因，本名商华鸽，男，在《萌芽》等刊物发表文章，现供职于厦门日报《台海》杂志社。（获第四届新概念作文大赛一等奖）

想起自行车  ◎文/蒋峰

　　十多年前我父亲每天晚饭后会去车百广场的路口修理自行车，一直做到夜里十二点，回家睡到第二天八点好去上班。有时候活很少，一个晚上也只有几块钱，不过忙的晚上会有几十块钱。然而都是零钱，攒下来的几百块钱很长时间都没有花出去。我劝他去银行换回整钱。我父亲反对说既然是人民币到哪里都不怕没人要。他把这些放进了一个铁饭盒里。就是这样，那些钱到现在已升级为文物还收藏在那个位置。

　　我妈妈常常一起去陪他。十点之前她看广场里的人扭秧歌，散场后她一个人在自行车旁看我父亲给别人补车胎。有一次一个学生扔给我母亲两毛钱提出自行车走了。我母亲想了一会儿在下一个人来时也向他要了两毛钱的管理费。回家的路上她买了二斤橘子带给我。我母亲对我吹嘘她在那里闲坐一个晚上也可以赚些水果钱。当时我还不到十岁，我已记不起来我那个时候的想法，可能是有些叛逆，有些不懂事。我没有碰她带给我的橘子。我说用骗来的钱买水果多丢人呀。我记得这伤了我母亲的心。她跟我吵了起来。我觉得我是对的，我们没有权利收人家自行车的管理费。后来我母亲打了我，每次都是如此，她打我的同时一定会哭出来。我父亲一声不响地把橘子一个个剥完吃掉，入睡前告诉我母亲明晚就坐

在他旁边，离停放处远点儿。

第二天他们就并排坐在路口边。前一天已经认识我母亲的人主动过来给了她两毛钱提走自行车。十分钟后又有一个学生推着车给了她两毛钱。想了想，我母亲又坐回停放处的旁边去收费了。回来的路上她再次买了些水果。她对我父亲讲回去不要让他们的孩子知道她又"骗钱"了。

夜里十二点的街上已经没什么行人了。我母亲扶着车上的修车工具缓缓从月光下走过。我父亲抽出在耳后的一支烟点上。他早戒烟了，那是晚上一个要修脚蹬的大伯让给他的。抽完这支烟他说明天起他不修车了，好好上班算了，免得招这么多麻烦。

当晚我父亲把这二十多天赚的钱数好后放到饭盒里，之后便再没出去摆摊修车。

我也说不清为什么过了那么长时间会莫名想起自行车的这件事，而且几乎没有什么人生的道理，我只是想起这件事，然后会想一想我的父亲母亲。我已经写了几年的小说，但还是不能捕捉最真实的生活状态。我曾几次想到，最真实的生活那么难写，是因为每个人在生活里复杂得令作者都无法把握。或许刚才讲的事情就是这样，生活不会见到戏剧性的情节发生，然而谁都过得很无奈，其实任何人都没做错什么。

我本可以把这些理解为生活的艰辛，理解为父爱母爱，然而真实情况是气愤的母亲还打了孩子。若是一部以母亲为主题的小说，聪明的作者会把这一段删掉。

再举个例子。我父亲这几年身体有些恶化，他对我们埋怨都是以前修车整晚地守坐而凉到了。初次听来我蛮心酸的，这是小说；可是以后他每次痛都会念叨这些，受不了时我就反驳说你修车也就那二十多个晚上，而且还是夏天，一辈子就那段时间吃那点苦，你别有点毛病就把原因归到修车好不好，我父亲会打我一巴掌说这孩子没良心，我会很委屈地顶几句，他会接着给我几巴掌，搞得双方冷一两天，把不快埋在心底，以后避说这个，这是生活。

　　我后来离家在外，碰到很多小意外。偶尔我想起在家时的琐事，试想我父母碰到这些意外怎么处理，之后我就下意识地不像他们那样去做。我还是不想让自己变成与我父母性格相近的人。

　　十多年后我父亲打电话还在提到他的腿痛，他说当时不去修车也就不痛了，现在钱还在那铁饭盒里没动过呢。可是十多年后他们的孩子更不懂事了，他已经两年没回家了。

作者简介
FEIYANG

　　蒋峰，男，1983年6月出生于吉林长春。2002年考入中国防卫科技学院，次年从该校退学。著有长篇小说《维以不永伤》《一，二，滑向铁轨的时光》《去年冬天我们都在干什么》《淡蓝时光》等，小说集《我打电话的地方》《才华是通行证》等，文集三部。(获第四届新概念作文大赛一等奖)

河内八月  ◎文/陈晨

在河内，常常有鬼佬过来问我，Japanese？

摇摇头，他们就会再问，韩国人？台湾人？香港人？

仿佛没有人会觉得我是从大陆来的。似乎鬼佬们看到那些背着旅行包，低着头在烈日下行走的少年，会自然的想到了独立的日本孩子。

住的旅馆在市中心的一条深巷子里。河内的巷子，阳光布满每个角落。巷子里大多是精致瘦长的法国建筑。盛大的蔷薇花翻越过围墙。有的时候在午后，安静得只能听到树叶蒸发的声音。

旅馆是一个越南女人所开。她喜欢在阳台上种花，在早晨和傍晚会拎着水筒上楼浇花。所以，每天早晨都在芬芳中醒来。

小旅馆总共有三层，我住的那一层楼大多数是日本人，还有几个在广州读过大学的英国人。

晚上出门的时候，看到三五成群的日本孩子嘻嘻哈哈地说着嚼舌头的日语去喝咖啡。他们看着我一个人拿着钥匙，走过来说，Together？本能地摇摇头。大概，只是想一个人出去走走。

真得很羡慕他们。那群日本孩子。

穿着大一码的裤子和衣服，用从来没有看到过的

Sony 手机，几乎都染了黄头发，见到人会微笑。也听人说过，日本高中生都有出国旅行的习惯。年纪很小，但习惯去不同的地方行走。

晚上在旅馆里，洗澡，看电视。越南的电视台很少。大多数是美国的或者泰国的电视台。时常会看到像《金粉世家》这样的国内电视剧。只不过奇怪的是，配音始终是同一个人的声音。

河内的街道上，保留了大多数当年作为殖民地时的法式建筑。

离还剑湖不远的 Ly Thai To St。街道两旁种满了高大的树木，奶黄色的法式别墅掩映在绿叶中，现在这些别墅已经成为欧美等国家商会、使馆、跨国公司办事处所在地，或是改建成法式情调的酒吧、Cafe、画廊。

几乎每天都去一家没有名字的音像店。贩卖各种盗版光碟。有港台的流行 CD，也有西方的爵士和摇滚。DVD 则大多数是英文字幕的好莱坞大片，也有很多香港片。常常看到鬼佬们兴致勃勃地挑选，小声地谈论。来自西雅图的美国男人，喜欢李小龙。

每次去都有收获。像冰岛乐团，Bill Evans60 年代的爵士。这些在杭州都很难买到。

那些盗版 CD，虽然包装粗糙，但是价格极其便宜。在晚上睡不着的时候，会拆开来听。

书店把大量的 LP 旅行书放在最显眼的位置，几乎都是盗版。价格通常是 1 美元一本。大多数是关于东南亚国家和中国。后来在咖啡店里，看到鬼佬人手一本的 LP，也几乎都是在越南买的盗版货。

常常去不知名的画廊看画。大多数是抽象的油画作品。表情冷漠的越南画家很少和顾客交谈。每幅画都有不菲的标价。

喜欢 Little Hanoi Café。常常独自一人点一杯咖啡，在里面坐好久。或是和鬼佬们交谈。店里有年轻的越南女服务员，常常在客人少的时候，轻轻地哼起歌。

很多鬼佬带着手提电脑到这里，常常热情地招呼自己和他们一起看照片。一年 12 个月，9 个月工作，3 个月去地球的不同地方行走。他们给我看在吴哥窟拍下的落日、西贡的广场。

年轻瘦弱的美国女孩，一个人来到这里，因为喜欢河内，已经在这里待了两个星期。

每天买各种各样的水果来吃，火龙果、红毛丹、牛奶果、凤梨等等等等。

几乎不吃饭，饿了就去买水果或者去街边的米粉摊。

米粉摊上鬼佬很少。但越南人喜欢这里。即使在深夜，米粉摊也不会打烊。劳碌了一天的越南人坐在街边，喝啤酒，吃米粉。越南米粉通常会放一些水果和生菜。老板也会用破旧的录音机放哀伤的越南情歌。

我常常混迹于那些越南人里面。即使他们知道我是中国人，也很少来和我讲话。

他们用委婉的越语谈论，讲笑话。即便听不懂他们的语言，但是能感觉到的，是他们平和的生活。而河内给人的感觉也是一样，充满着生机，但却让人感觉异常的踏实和忍耐。

在去看水上木偶戏的路上，路过 ST. Joseph 天主教堂。只是在外面看，没有走进去。教堂高大威严，只不过墙壁斑驳，而且发霉脱落。

傍晚的时候，阳光仍旧是猛烈的。贩卖水果的小贩挑着担子准备回家。越南孩子在教堂前来回追逐玩耍。穿着国服的大学生拿着书本三两成群地谈笑。车夫在三轮车的刹车上塞上一束洁白的茉莉花。一家三口挤在一辆摩托车上飞驰回家。

这样的生活，多么希望是自己的。

来河内之前，读了安妮宝贝的《蔷薇岛屿》。她在里面写，河内是一个 Crazy City。

而我看到的河内，炎热、隐忍、安静。而那在早晨就会充斥在耳边的摩托车的轰鸣声与城市的喧嚣相比，是多么微不足道。

那么，究竟该怎样去形容河内呢？

是这样一个城市。

你可以很随意地穿着十字拖鞋在这个城市的街道漫无目地行走。

你能随时喝到一杯冰咖啡。你能每天什么事情都不做，只是胡思乱想，到处乱走。

每天在鲜花的香味和摩托车的轰鸣声中醒来，在潮湿而闷热的空气中睡去。

这就是我眼里的河内。简单的，纯粹的。

2006 年 8 月的长途旅行。独自一人，从杭州到广西，最终抵达河内。像是一个完整的句号。所有的疲惫和不安在这个陌生国度的城市消失。像是回到了熟悉的地方，触碰到了熟悉的记忆。

不知道旅店的老板娘还是否记得我。那些擦肩而过的鬼佬们还是否记得我。那个城市，是否记得我。

只是，我一直记得。

记得每天晚上，老板娘热情地帮我烧开水。

记得日本男孩的笑脸。

记得自己一个人在旅馆里看 HBO，用冷水洗澡，在阳台上吸越南烟。

而当那些"记得"变成记忆的时候。

是我们又开始了新的路途。

作者简介
FEIYANG

陈晨，5 月 22 日生于杭州。作品曾发表在《最小说》《布老虎青春文学》等杂志。（获第十届新概念作文大赛一等奖）

花园被冬天埋葬 ◎文/陈晨

在一本厚重的笔记本的第一页，我整整齐齐地记下了《Vincent》的歌词，是 Don Mclean70 年代的歌。

Starry starry night
Paint your palette blue and grey
Look out on a summer' day
With eyes that know the darkness in my soul
Shadows on the hills
Sketch the trees and the daffodils
Catch the breeze and the winter chills
In colors on the snowy linen land

Don Mclean 在歌里面对他说，现在我想上帝知道你要对我说的话，你受着如此的煎熬，你尽力想摆脱这一切。但是无法摆脱，他们仍旧让你备受折磨。也许，他们将永远煎熬着你。

他是 Vincent。文森特·梵高。一个永远被煎熬着的男人。

在画店里买过他的一幅装饰画，是《满天星斗下的罗纳河》。作于 1888 年 9 月，是他去世的两年前，他自杀于 1890 年。自杀在基督里被视作罪恶，所以，他死后不能葬入教堂的墓地里，不能立十字架。他的尸体被弟弟提奥带走，葬在庄园里。不到一个月，他的弟弟也永远地和他躺在了一起。

那幅画中，繁星像黄色灯笼一样硕大而明亮。渔船的灯火被拉得很长，隐隐约约地在画的一角，有一对老夫妻弯着腰背对着明亮的河水。我相信这是他在深夜亲眼所见所感所画。他质朴的画有一种真实的特质。

也收集他的自画像。也曾经迷惑，究竟是什么样的人才能如此细致地解剖自己，孤独的人，敏感的人，关注生命的人，还是真实脆弱的人。

通过网络书店买了一本他的传记《亲爱的提奥》。一个星期便寄到学校里，很厚的一本书，被包着数个袋子，完好无损，打开的时候，感觉里面有温暖的气息。书全部是他所写，由他写给他弟弟的部分书信组成。应该说是一本他的家书。

被翻译成中文有 50 万字，并且只是他的一部分书信。终于了解，他的生活除了绘画，还有写作。他的思考和表达已不仅仅局限于绘画，还有文学。

在空闲的时候都在阅读这本书，字很小，阅读速度缓慢，是害怕遗漏了什么。在文字里，也体会到了他的挣扎、煎熬和无力摆脱。

在很多文章，很多人的评论中都对 Vincent 有所耳闻。艺术家的死亡都往往被赋予精神病的特质。而现在，却往往被世人所推崇。这是个没有诗人的时代，却一直在颠覆某些伦理。

提及 Vincent，便想到了葵花。不是我最喜欢的花。但是，那种大而矜持的花朵昭示着坚持和理想。

2007 年的夏天。我认识了晓晓。

她是第一个对我提及 Vincent 的女孩。她说，晨，知道吗，这个男人的画，摸上去是烫的。

那段日子，在山上的画室里。我和一群学美术的孩子在一起学绘画。大多数是准备考美院的孩子，晓晓是其中的一个。而我，只是因为假期的无聊，在这里学简单的素描打发时间。

现在回想起来，那是一段淡然却充实的时光。一连十多天，都住在山上，仿佛与这个城市隔绝。每天早上，都可以听到昆虫繁盛的叫鸣声。在夜晚，可以很清楚地看到城市夜空上稀落的星星。英俊的美术老师带着我们在小树林里写生。他是美院的毕业生，自己在山上建了房子搞创作，也带学生画画。他仅靠这个挣钱。

画室里大多数都是开朗热情的孩子。而晓晓，她话不多，起初，我对她几乎没有任何印象。

直到后来，我才渐渐注意这个沉默的女孩子。因为在课程结束后，她依然会在画室里，默默地对着石膏像画一个小时再离开。

很多个黄昏，画室里只有我们两个人。而我们却很少交谈。只是偶尔用破旧的 CD 机放 Keren Ann 的歌。

只不过，她曾不止一次对我说过她的梦想。考美院。当画家。去巴黎郊区一个叫奥维尔的小镇。去寻找那座消失的黄房子。

我看到她说这些的时候，眼睛里有坚定明亮的光在闪烁。

她说，你知道 Vincent 的死亡吗？

1890 年的夏天。Vincent 背着画箱在田野漫步，眼前出现了幻觉。他感觉有一群黑黑的乌鸦笼罩在金色的麦田。Vincent 说，乌鸦就是死神。他来召唤我了。于是，他带着一支手枪，来到了麦田，朝着幻觉里的乌鸦开了一枪。而子弹，射进了他的胸口。

或许，他会觉得那群乌鸦不仅吞噬了光明，还吞噬了他的梦想。他的梦想一旦丢失了，他就不能再继续下去了。所以，他选择了死亡。他的内心是一把火，孤傲决绝地燃烧着。

我知道，晓晓是那样喜欢 Vincent。那样喜欢葵花。

她告诉过我她的一个梦。

梦里有两座大山。大山之间有一条小路。她沿着小路往里面走。

但看不到明晰的尽头。她不知道该怎么办。只是不停地往前走。最终，她看到了光线，视线也豁然开朗。只不过，她看到的不是世外桃源，而是黑黑的土壤和盘旋在头顶的乌云。那是一片平原，没有人，没有任何生物的迹象。空旷得令人窒息。

但那片平原的土壤上，生长着两株葵花。一株朝着灰色的天空。一株被折断，匍匐在平地上。

我不了解这个梦的真正含义。只是，那株被折断的葵花，是Vincent吗？

因为暑假的结束，我离开了那里，不再学画。而晓晓和那些考美术的孩子，继续留在山上，日日夜夜地画着。

我又开始了以前的生活。早晨骑着单车上学。傍晚带着沉重的作业回家。整日盘算着自己已经少得可怜的分数。

但令我感到意外的是，我收到了晓晓寄来的明信片。每隔几天就会收到一张，上面的字很少。

她说，晨，我现在开始画色彩。开始尝试着自己配好看的颜色。

晨，我每天都会看到太阳一点点落下去。

晨，山上的虫子依然是那么多，手臂上又多了好多小红点。

晨，你还记得Vincent吗？

……

那段日子，我反复听着《Vincent》。

在很多个深夜，疲累地做完一天的作业。关掉台灯。走到客厅里，把身体陷在沙发里。戴着耳机听《Vincent》。只是，那么平淡的歌，却会在黑暗里，听得眼睛发红。

我也时常会想起晓晓。怀念那个在画板前孜孜不倦的身影。黄昏脆弱的阳光把她的影子拉得很长。

九月份，我收到了晓晓的信。

信的内容很长。我只记住了其中的一小部分。或许，是我不敢去记得。

　　她说，父母离婚。她和母亲生活在一起。已没有钱去学画画，只有回原来的职业高中读书。

　　她说，是不是真的只有当我们学会放弃一些东西的时候，才预示着我们长大了。

　　那么，成长是不是一件极其伤人的事情呢？

　　现在，我开始写小说。

　　我把 Vincent，把他的画都写进了小说里面。只是，写着写着，眼睛里总是会莫名其妙地流出眼泪。或许，只是天气太过潮湿的缘故。

　　在写作的时候，我会想起 Vincent。

　　其实，他就是一只乌鸦。飞行在麦田里的乌鸦。说着听不懂的语言，他的声音从来不会被人们喜欢。但是，谁也不能左右他飞行的方向。他的翅膀里流淌的是执著和坚强的血液。在我心里，Vincent 关乎梦想，关乎自由，关乎尊严。

　　就像 Vincent 曾经说过，如果生活中没有某些无限的、某些深刻的、某些真实的东西，我就不会留恋生活。

　　居住的南方城市一年四季分明，十二月份，人们就已经明显感受到了冬天的到来。我知道，这个城市不会有乌鸦，有太多的人的梦想甚至尊严埋葬在这个城市那张虚浮的脸中。

　　花园里也始终不会有葵花。一到冬天，所有的植物就会沉睡过去，奢求来年的新生。它们变得脆弱，变得毫无抵抗的能力，仿佛失去了一切的生命力。

　　就像，被冬天所埋葬。

　　（作者简介见《河内八月》一文）

第4章

阡陌红尘

有时候，年轻就是一切

北回归线以北  ◎文/李遥策

你的声音在消退，如今还剩几分贝……

扬州——32.23° N 119.26° E

东来客栈的陈老板讲述起剑客 L 的传奇故事时，西街一家钱庄的王老板并没有完全相信他的每一句话。但这个从未走出过扬州城半步平日只以数钱为消遣的老男人听着他所说的一切，却似乎在人生中又增添了一份新的乐趣。然后他会把从陈老板那儿听来的故事跟他的孙子讲，于是每天的黄昏，在他家的后院里，孙子们都会围在他的身边听他讲关于那个叫 L 的剑客是如何一人一剑来到扬州的。孙子们渴望的眼神，让他少了几分落寞。

四月的雨下了近一个月以后终于在一个清晨搁浅，雨后的空气中带着咖喱的味道，炉子里的檀香木已经灰烬渐冷。这一天，陈老板站在柜台前正好讲到 L 收了如何多的钱把一个如何剽悍的人的头颅从脖子上削下的时候，我从狭窄的楼梯上走下，木板的缝隙间发出吱呀的声响，陈老板听到我走下来的动静，原本眉飞色舞的他顿时显得手足无措。毕竟我们知道，讲故事的人最忌讳的就是故事讲到一半故事中的人突然跳出来在他面前出现。

王老板并不知道眼前的我正是陈老板口中的那位剑客，他在一旁似乎还显得意犹未尽，直问陈老板 L 后来怎么样了。我路过他的身旁，闻到他身上铜钱的味道，拍拍他的肩膀说，后来 L 杀掉了那人，却没有收到应收的钱，结果连委托人都杀了，只身一人来到了扬州，住在了这家客栈，只为了寻找一个人。

　　正是，正是。陈老板一脸尴尬地指着我说，我来介绍一下，这位就是 L。王老板心中立刻泛起一阵恐慌，误以为我要加害于他。从他的眼神中，我看到一种畏惧，看来他是把杀手和强盗混淆了，在那个时代，有钱人往往是无知的，这完全可以原谅。我对他解释说，大叔别怕，我不随便杀人，以后还请王老板您帮我个忙，帮我留意一位叫 Y 的女子。

　　王老板连声说没问题没问题，说完便低着头朝门外而去。王老板走后，我跟客栈的陈老板假设出了一个画面——王老板回家后的第一件事应该是拿一张小板凳坐在院子中间对他的孙子说，你们猜，爷爷今天见到谁了。孙子们一脸茫然地摇摇头。于是他便露出幸福的神色望着远方的天际说道，你们一定猜不到爷爷今天见到 L 了。

　　和很多俗套的武侠小说一样，男主角我无父无母也没有师父，从小就是个孤儿，所以没有人给我取名字，我把取名字的权力和乐趣留给了自己，四处寻找好听的名字，那时候人们的想象力有限，普遍的名字无非都是张三李四和王八之类。

　　那年我十岁，路过一间破庙，我偷吃了发霉腐烂的供品，肚子疼痛导致昏迷。醒来后，我躺在一间更为破旧的庙里，身旁站着一个男人，满脸沧桑，一直抚摩着他腰间的剑。凭我的直觉和经验判断，这个男人应该会成为我的师父，然后对我夸我是习武奇才，骨骼诡异什么的，教我一身绝世武功。但是他在我醒来后，却只说了一句，你帮我杀个人，回来后领取你的名字，作为我给你的报酬。

　　我答应了，用的是他给我的剑，杀的是一个贪官，我在他的轿子里躲了三天,第四天的早上他终于吃饱睡足后肯去上朝,轿子抬到半路,我从他的身后站出把剑刺进了他的胸口,他回过头无奈地看我,肥头大耳。他问,你为什么杀我?我回答,因为我迫切需要一个名字。说完,我把剑从他身体里抽出,绯红色的鲜血溅满了整个富丽堂皇的轿子,此时,他也已奄奄一息。

杀人的感觉很畅快,也许你也有同样的感觉,这跟写小说一样,写起来很爽,特别是当你想到写完以后还能拿稿费的时候。我擦拭完那把剑上的血迹,跳下轿子朝着最阴暗潮湿的巷子跑去,去寻找那个将要给我名字的男人。后来我一直迷恋着那剑穿过肉体的感觉,这让我从此走上成为杀手的不归路。

我回到破庙,那个男人却已经死去,除了沙石地上写出的那个字"L"和我手中的这把剑以外,他什么也没有留下,最可恨的是我竟然不知道这个字怎么读。此刻,一个小女孩从破庙的一尊佛像后面走出,她告诉我这个字读 L。

L,我不知道这个字是不是就是那个男人给我取的名字,甚至我都不知道它的含义,在当时只是觉得好听,于是 L 就成了我的名字,但是从那以后知道我名字的人却全都会死去,死在我的剑下,大家只知道有个人叫 L,却没人知道那个 L 就是我。在十岁之前,我认为世上最可怕的事情是没有名字,但在十岁之后,我才发现比没有名字更可怕的是当你有了名字却没有人知道它。

不过,有一个人除外,那个人就是我要寻找的 Y。

七天前我提着剑来到扬州,寻找一个叫 Y 的女孩。南宋绍兴八年的四月,扬州的天空是灰色的,这总会让我想起很多年以前的襄阳。Y 是我儿时在襄阳唯一的伙伴,时隔多年,我现在已几乎忘了她的模样。在我残缺的记忆里,她除了那双圆圆的眼睛之外,没有特殊的地方。三天后,也是我来到扬州的第十一天,王老板四处打听过 Y 的下落后来到东来客栈告诉我,扬州城里没有一个叫 Y 的女孩。

但却有一口井。他补充说，你所描述的人跟三年前那个跳入井中的女孩很相像，我觉得我们有必要去那儿调查一下。

　　我们到达井的所在地已经是子夜时分，月光倒映在井水中，浮现出一丝萧瑟的气氛，而四周弥漫的雾气更像是在说明，此地不宜久留。几个手中闪着白光的黑影从天空掠过的时候，我终于明白，我中计了。

　　我们在此等了你十天了。他们好像有十个人，异口同声地说着。王老板跳到了人多的那一方，将我孤立在一旁，然后很是尴尬地望着我。

　　而我继续弯腰观察着井的玄机，井中除了青苔和水，别无他物。我回头很不耐烦地对他们说，这不算什么，有人在这等了我十年了。

　　好吧，既然我们都是拿钱干事的人，也算是同行，今天就让你死得快一点。他们中有人说话了，按照惯例，第一个说话的人应该就是他们的老大。说完，十个人合为一体冲到了我的跟前，十把弯如月牙的镰刀划开了凝重的空气，一起对准了寸步不移的我。这十人果然好身手，一眨眼的工夫，原本合为一体的身影突然分散开来，呈上下左右开攻。但只可惜，他们遇到的人却是世上最年轻的杀手，L。

　　有时候，年轻就是一切。

　　我抽出了剑，又看似原封不动地将它收回到剑鞘，然后他们的黑衣和面罩全部散开，裸露着身体向后退去。月光下，他们的面容无比丑陋，原来，面罩对于他们而言，是用来遮丑的。

　　啪——有重物击中了我的头部，这一定是王老板干的，那重物，便是他随身携带的一袋银锭。我全身麻痹，只听到他口中颤抖的话——钱，果然，可以，把人，砸死。随后我就掉入井中，在迷糊的状态下，却清楚地看到了井壁上有一串用利器刻下的数字：一三四八二八五———五。

武汉——30.35° N　114.17° E

　　一个人如果爱上某种事物就会分泌出一种激素，这个激素会刺激你大脑里的中枢神经，从而让你产生幻觉，所以我们可以这样去理解——爱情就是个幻觉。对于爱情的解释，Chelsea 是这么跟我说的。

我说，不对，我跟 Y 之间的事不是幻觉。

那个阳光并不十分明媚的午后，我坐在阳台上给 Chelsea 打电话，她的彩铃从《致爱丽斯》变成了《青花瓷》，唱到"色白花青的锦鲤跃然于碗底"的时候，她接起电话，声音还是那么好听。我不是个喜欢打电话的人，却在这一个星期给她打了三次。她看出了我的状态，确切地说是听出来了。她说，你只是无聊需要个人来陪罢了，而又恰好遇到了我。

我否认了她的话，我并不是无聊，而是无助。人在无助的时候总会寻求别人的帮助，当那个人帮不了你的时候，才会演变为无聊。Chelsea 就是那个我以为可以帮我找到我要找的人，却始终未果的人。

为什么你会给我打电话，而不是别人。

我说过很多次了，因为 Y 在井中就留下了一串数字，正好是你的号码。

和 Chelsea 的认识应该从我掉入井中之后说起，于是这个故事到此就有了另一个开始，这个开始是属于我和 Chelsea 的。

五年前的秋天，我还是个高一的学生，刚进学校时，和所有高中生一样，每天在迷茫中与无聊的日子抗争。只是每个人抗争的方式不同，有人选择睡觉，有人选择恋爱，有人选择网络，而我却选择了发呆。发呆是一种美德，它不会直接性地去影响到别人，反而会让你在别人眼中显得很酷。而坏处是，走路时往往会踩空或是撞到电线杆。

那天我在操场打球被篮球砸到脑袋也是因为发呆导致，不过经过这么一砸，我倒觉得有些恍如隔世。后来我被队友换下了场。我坐在场边继续发呆，接下来，我就遇到了给我递可乐的 Chelsea。

我小时候躺在床上在进入睡眠之前除了幻想过个人英雄主义事迹外幻想过最多的便是爱情，个人认为这是一种很美妙的东西，这不仅给我将来写小说提供了丰富的素材，并且还有助于睡眠。限于想象力的贫乏，在我的幻想中，女主角永远都只有一个，在无数个日子里她就这样依附在我的思维中，赶都赶不走，直到那天的 Chelsea 出现。

那天下午，Chelsea 是以这样的形象年出现的：瘦小的身子穿着宽大的牛仔裤，颜色鲜艳印有卡通图案的衬衫，两只款式相同颜色不同的鞋子，马尾辫扎在身后摇摇晃晃，前面的刘海挡住大大的眼睛，手腕上的银制首饰发出动听的声音。Chelsea 的出现让我身后不断地传来感叹，那个时候我明白，其实大家小时候睡觉前都有幻想的嗜好，并且对象很有可能就是 Chelsea。

在接过 Chelsea 给我的可乐时，我摊开手掌，无意间看到了一串跟我在井壁上看到的相同的数字，格外醒目地写在掌心，这像是在暗示某种现象，而我又无法名状。

借你手机用一下。我对 Chelsea 说。

她说，干吗？

我说，打电话。

她掏出手机说，哦，给。

我拿过 Chelsea 的手机拨打这个号码，至于为什么会有这串数字，是谁写在我手上的，我都没有去过多地考虑，我的举动全是下意识的。而我按下拨号键，但却是空号。

这么快就打完了？ Chelsea 眨着眼睛问我。

我说，嗯。

她问，哈哈，给女朋友打的？

我说，不，我不早恋。

她说，你很奇怪。

我问，怎么说呢？

她说，你很少来上课，所以很少见到你，除了开学第一天，今天是第二次见到你，感觉……她望着我迷离的眼神停顿了一下说，就像幽灵。

幽灵，我想起在另一个世界中，Y 曾经也是这么形容我的。

见到 Chelsea 之后，我发呆的病症彻底得到了康复。我不再频繁地逃课，也不会再被老师叫到办公室训导，个别同学也不会一见到我就问我你是不是新来的。我顶多会在课桌上把书堆成围墙，将脑袋埋在围墙中睡觉，任凭黑板上的字迹擦去又写上，写上又擦去，醒来后问个别同学你是不是新来的。

那个夏天，窗外的麻雀故意使劲地叫着，但这完全不会影响我的睡眠，更不会破坏我美好的梦境。时间一久，它们感到很无趣，于是无精打采地飞走了。这是醒来后 Chelsea 告诉我的。她会一边帮我擦着口水一边说，你真能睡。

如果是在早上，Chelsea 会给我带我最爱吃的鬼脸嘟嘟饼干，巧克力味的。我们学校规定上课是不能吃零食的，以至于每次早上第一节课的铃声一响，我总有剩余的一两片饼干没吃，Chelsea 会把它们塞进抽屉放好。Chelsea 有个天真的想法，就是等到高考结束把这些饼干全部拿出来，在操场上拼凑成一个足够大的心状，以有足够大的空间让我们坐在中间看星星。可以设想一下，这场景实在是很浪漫。

但是这个想法在过完高二暑假的时候就遏止了，当时我们怀着美好的心情重新走进教室准备迎接高三的到来，结果看到了 Chelsea 的抽屉里无数片小鬼脸融化成了一块大鬼脸摆放着，上面爬满了几百只黑蚂蚁，恶心至极。于是从那以后，Chelsea 再也没有给我买过鬼脸嘟嘟，这让我养成了不吃早饭的习惯。

有一个暑假，我们天天黏在一块，我穿着拖鞋 Chelsea 穿着吊带背心极其露骨地站在城市最繁华的中心，夏天的江城格外的闷热，她紧紧挽着我的胳膊生怕我在这样强烈的太阳光下走着走着就这样蒸发了。她偶尔会转头对我恬静地微笑，而此刻我的眼里只有她的美丽，路上的行人瞬间变为透明，现在一想，那些人当时可能是被她的笑所蒸发的。

　　Chelsea 带我逛商场把省下的钱给我买衣服。那时候的天色已经昏暗下来，地上依旧有灼热过后的余温。她不喜欢我戴耳钉，不喜欢我染着黄头发，不喜欢我穿宽松的衣服。Chelsea 把我弄得规规矩矩的让我很不满意，每次和她逛完街都有一种让我老了五岁的感觉。Chelsea 后来跟我说她一直想找一个比她大好几岁的人做男朋友，这样会有被人照顾和宠爱的感觉。但是我把事情反过来想了，然后告诉她那些想找个比自己小好几岁的女孩子做女朋友的，肯定心理不正常。Chelsea 说，等你再长大些你也会跑去某大学找大学生恋爱的。我说我不会，至少我没恋童癖，而且最鄙视那些没能力找与自己平起平坐的女人而去骗小妹妹的人。

　　其实如果我当时不反过来想，而是深入思考，肯定会得出一个暗示，Chelsea 一定是在怪我没好好照顾她宠爱她，她是在委婉地责备我，而我却没发现。

　　很多时候，我们会听到许多诸如此类的对白——你为什么喜欢我——喜欢你需要理由吗？经过 Chelsea 在最后一次电话里这么一说，我现在终于明白了，喜欢其实是一种幻觉误区。就像很多年以前的自己，对于一个女孩，只是觉得这样的人应该是很优秀的，应该是大家都喜欢的类型，于是也跟别人一起凑热闹，但却明明说不出自己究竟喜欢她哪一点。长此以往，那女孩的身价就涨了，谁都想要跟她交往，同时谁都追不到，后来经过一系列理性的分析，其实她也没那么完美，这就像现在的房地产一样。

　　但是 Chelsea 不一样，她是我理想中的女朋友，体贴、可爱、聪明、独立。你为什么喜欢我？如果 Chelsea 这样问我，我完全可以找出成千上万个理由，可 Chelsea 从不这样问，她只会问，你觉得你喜欢我吗？

　　我很简单地回答，喜欢呀。

　　她说，但你还喜欢别人。

我问，谁啊？

她也很简单地回答，Y。

我说，是吗？

她说，是的。

毕业那天，她在天台终于跟我说分手，我记得有很多鸽子从天空飞过，遮蔽了我们三年以来的故事，那画面很安详，也很寂寥。

其实，真正的分手是不用说出来的，感情淡了，自然而然就会分开，但一旦说出来，就说明里面有怨恨，Chelsea 对这份感情的怨恨，很有可能就是我找了近千年的 Y。所以，我理所当然的失恋了，失恋有两种层面上的意思，一是失去了恋人，二是丧失了恋爱的能力。而 Chelsea 跟我分手后，我因为前者导致了后者，这便让我从真正意义上体会了失恋的苦痛。

在那之后，我再也无法去喜欢一个人。无论刻意，还是随意。其实一直以来，我都很想告诉 Chelsea，我不敢跟你说我爱你，是因为我无法确定，我究竟活在哪个世界，但理论上，我是爱你的。

关于 Chelsea 的记忆，全都是在五年后我整理书籍，翻看曾经的日记时想起的。也许，的确像 Chelsea 所说的，我根本不在乎她，我在乎的人是 Y。可是 Y 又在哪呢，想到这儿，我再次拨打那个在井中看到的号码，只为了找回答案。我屏住呼吸，希望这一次不是空号，这样的话，我就可以对 Y 说，我根本不在乎她，我在乎的人是 Chelsea。

我说，你好，我是 L。

你好。对方的声音很遥远，却又很熟悉。

请问，你是？

我是 Chelsea 呀，你怎么会有我的号码？

为什么会是你？

什么？

五年前，我用你的手机打一个号码，五年后，你竟成了那个号码的主人。

你瞎扯吧你，你想跟我说话就直说。

我是认真的。

哦，五年前的那个人是Y吗？

嗯。

为何你总是对一个不复存在也不曾存在的人念念不忘？

那些都是过去的事。

你现在还喜欢她，为何是过去？

等等，我需要一段时间恢复平静。

嗯，再见。

再见。

我呼出长长的一口气，完全不敢去想象和分析事情的来龙去脉。我曾以为我不会再和Chelsea取得联系，那是毕业两年后第一次给Chelsea打电话，却是因为Y的安排，尽管后来我不断说服自己这只是巧合。

可是电话里Chelsea的语气一直冰冷得令我实在无法接受，直到她挂掉电话，无止境的忙音在我耳边回响，我才渐渐感觉，我和她的距离，就如同对面公园的秋千和草地，而中间隔着太多类似于谜的空气。

襄阳——32.02° N　112.08° E

在临安，有个名叫石决明的刀派杀手，刀法精湛，盖世无双。

他与我有过一拜之交，我们生活在同一个世界，有着同一个梦想，那就是做天下第一杀手。为了证明刀比剑强，他曾找我决斗过不下千百次，我只记得在第一千零一次决斗的时候，他约我在西湖边上的一棵古树下一战生死，我只记得那棵树很大，可以供好几百人上吊用。

阳光垂直照射在北回归线上的时候他从树上跳下，杀气割破了凋落的每一片树叶，幸好我及时躲避。在西湖边上，我用我的剑帮他刮掉了满脸的胡须，意外发现原来他长得很帅。

你叫什么？他收回三尺长的大刀，捋着黑油油的头发，摆出一副忧郁的神情问我。

我把剑斜插在地上说，请恕我不能告诉你。

他问，为什么？

我说，因为知道我名字的人都会死。

他笑道，呵呵，你是说，你能掌握我的生死？

我说，非也，我只把你当朋友，所以不能告诉你，剃去胡子的你，让我想起了一个朋友，却又无法弄明白究竟是谁。

的确，他忧郁的眼神，很像一个人，但那时的我，实在记不起是谁，抑或那人根本就不曾存在过。

好奇怪的逻辑，既然如此，好，从今以后，我们就是朋友，以此树为证。

因为是朋友，于是每年四月我都会去西湖与他相会，但他却一直搞不清我是谁。此人现在已经退出江湖。当生存都成问题的时候，谁还会去在乎那些遥不可及的梦想，这是他和我说的最后一句话，不管你叫什么，我始终觉得欠你太多，我会帮你完成一个愿望，无论什么事。

在扬州南下的路上，我决定去找他。无论如何，我都希望他能帮我找回 Y。那个想法源于我跟 Chlesea 最后一次通话之后的清晨，我醒来，发现自己就躺在扬州城郊外的井边，像一具冰冷的尸体，整个昏迷的过程持续了五年，这五年里发生了很多事，比如我的偶像——岳飞——死了。

走之前，我骑着马去找王老板，却只在他家里中看到他的灵位，他的孙子们告诉我，爷爷在五年前得了老年痴呆症，自杀了。

其实，关于 Y 的记忆应该是这样开始的：

在我十岁那年的某个清晨，她从那间破庙的佛像身后走出，指着地上那个用指尖写下的字对我说道，它念 L。她说话时低着头，脸色有些苍白，身体瑟瑟发抖，也许是之前目睹了那个男人死亡的场面，所以受到了惊吓。我走到她身前，梳理了下她凌乱的刘海，牵起她的手说，别怕，有我保护你。

然后她问我，这儿是哪？

我指着前方说，过了这条汉水河，就是襄阳。

后来，那个贪官和那个给予我名字的男人的死轰动了整个襄阳城，襄阳城里的百姓都开始担心我的危险性，太阳下山后，城中就不再会有出门的人，这给当时襄阳的经济造成极大的损失。而传言就像那年的那场雪一样纷纷落下，覆盖着整个城市。我和Y一直居住在亲手搭建的茅草屋内，从那以后的几个冬天，我都会和Y一起在院子里数盛开的梅花，一起堆雪人，尽管环境简陋，生活艰苦，但是对于两个相爱的人说，得到对方的心就已经是最好的房子。

很多时候，没钱了我就会拿着剑去街上卖艺，后来有个大老板觉得我剑法耍得很好，就拉拢了文人朋友来写诗炒作，还找了几个演技精湛的看客负责渲染气氛，尖叫的给二十两，哭泣的给五十两，直接见到我激动得昏倒的给一百两，如果有需要，裸奔的还可以给二百两。然后看的人就越来越多，丢的钱也越来越多，他从中收取了一大部分的提成。Y觉得世道太黑暗，就去找那个老板理论，这不划算，凭什么你啥都没干还要拿那么多钱？

他说，凭我手头上的一个消息就值一千两银子，哈哈，别以为我不知道他是谁，现在我收留的可是满城都在通缉的人。

Y说，你好卑鄙。

他说，卑鄙的人都是被逼的，被钱所逼。

Y问，你想怎么样？

他说，我想把他留在这儿，直到我赚够了钱再放人。

放屁。Y拍着桌子把一杯酒泼到了他的脸上，那人便掀翻了桌子，样子看上去像是要把Y吃掉。

我闻声闯进屋，把Y拉到身边，当时屋内机关重重，时不时从地板上冒出几把尖刀，从墙壁上射出几只毒箭和飞镖，天花板上还会掉下许多砖头，只是没有砸到我们却砸了他自己的脚。后来 Y 回忆起当时的情况时，说，那场面真像魂斗罗，刺激死了。

我问她什么是魂斗罗，而 Y 一直不肯告诉我。

那老板后来死了，因为他知道了太多的秘密，那是我第一次在 Y 面前杀人，Y 为此感到格外害怕，伫立在角落愣了整整一炷香的时间，无论我怎么拉扯她都毫无反应。她说，我想到了，那天是我杀了他，那个准备给予你名字的男人。

我问，那你为什么要杀他？

她说，这个，我想不起来了。

我说，嗯，没事的，别去想了。

她问，嗯，L，你说我们离开襄阳好不好？

我说，好呀，这里太危险了，我们不能待下去了。

她问，那我们去哪？

我在地上捡起一枚飞镖说，你看，墙上有张地图，你拿飞镖扔过去，飞镖插哪，我们就去哪。

逃亡的路上，我们没有回家收拾行李，Y 说逃命的最高境界，就是什么都不管，什么都不要，只朝前面走。以前 Y 给我打扫房间的时候也是这样说的，整理房间的最高境界就是什么都扔什么都不要。为此她扔了我好几本心爱的书和好几幅画，但是房间看上去确实是干净整洁了不少。

离开襄阳之前，Y 和我突然决定去吃一碗牛肉面，在我有钱的时候 Y 每天早上都会来这里吃，这是一种很奢侈的行为，很多情况下我的能力只够供我们一天吃三个包子，因为那时候政局动乱，外族侵略，物价飞快地上涨，民不聊生，一碗牛肉面的价钱相当于杀一个壮年男子的报酬，但是我就是喜欢听 Y 吃完后得意洋洋地描述煮面的伙计是怎么把牛肉切成两毫米厚怎么让花生酱混合芝麻酱后更有口感的评价，因为我时刻觉得她的幸福就是我一生的追求，哪怕让我做一辈子暗无天日的杀手。

处于一个动荡的乱世之中，又作为一个乱世中的主角，我能这样安静地坐在兵荒马乱的街头——前方是一群南下而来的金国军队，后面一帮一路悬赏追杀的官府捕快，身旁随时还埋伏着几个恨不得把我干掉的同行竞争者——看着自己心爱的女孩一口一口爽滑诱人地嚼着面条，我觉得这应该就是世人口中的爱情，这些都不需要生死相随去修饰，都不需要海枯石烂去祭奠，只要我能悄然无息地望着她的模样，听着她的声音，足矣。

Y吃到一半，眼里突然闪过什么东西，惊道，等等，看来我还是落了一件不能不管的东西。

我问，是什么？

她说，一个你没有见过的东西。

我问，做什么用的？

她说，很重要的东西，没有它我们就无法继续走下去了。

我说，那我回去拿，你在这儿等我。

她说，不行，要去就一起去。

我说，不能一起，那边现在一定很危险，你告诉我那东西是什么样的，我去拿就行了。

她比画着说，是手机，你以前没见过的，喏，就这么大，不轻不重，黑色翻盖的。

我说，好，你等我，如果我回不来了，你一定要继续向东走，我会追赶上你的，如果追不上，我也一定会找到你的。

Y捂住我的嘴说，没有如果，你一定要回来，我等你。

有时候，我会觉得很奇怪，我所能想起的和Y发生的事，为什么全部发生在冬季，从开始到结束，一直都是。

飘落了半个月的雪已经停了，山头乌鸦遍野，寻找冻死的猎物。

我踩着回家的路，两边是它们诡异的嘶鸣，仿佛世界的尽头是茫茫荒芜。我回到茅草屋，发现地上已是一片灰烬，风到处吹着零散的火星，那些都是我和丫所有衣物烧毁后的最终形态，屋子看来是被彻底焚烧了，只留下一柱青烟，冉冉升起。

面对这样的情景，我感到莫名的恐惧，一是我怕丫要我找的物器也已经被烧毁，这样便很有可能会像她说的那样，我们再也无法继续走下去了，虽然我并未理解此话的真正含义；二是我怕我会死在此处，因为无形中这里充满了死亡的气息。当然，看过第一章的人都知道，我没有死，而且活到了二十岁，所以恐惧得以验证的事实是，我真的找不到那叫个手机的东西了。

别找了，你要的东西在我们手上。身后传来一声恐吓，他们终于知道了我的下落，看来官府已经派出了好多官兵来拿我，但是那又如何，我从来没有失败过，即使他们现在的数量可以和山头的乌鸦不相上下，但他们的实力却连乌鸦都不如。

你缴械投降，我们就还给你，否则，别怪我不小心丢到火坑里去。他们继续威胁我说。

可是就在此刻，奇怪的事情发生了，那个东西发了声音，他们好奇地将它翻开，却听到里面是一个男人在说话，声音很轻很模糊，像是从一个很遥远的地方传来，而我只听到他在说——你在哪，你在哪。这声音吓到了那群可恶的官兵，他们慌忙把它丢下，然后肆意地将它踩碎。这彻底激怒了我，一刻钟之后，他们没有一个人活下，绯红色的血液渲染白茫茫的世界，在那期间，他们有人见形势不对就立刻向我求饶，甚至有人还很匪夷地加入我这边帮我杀他的同伴，但是我的原则只有一个，知道我名字的人必须都得死，除了丫以外。

一场格外血腥的战斗结束之后，我拿着被踩碎的躯壳回到那家面馆去找丫，小二却告诉我，丫两个月前就已经离开了。

我说，不可能，刚才我们还在你这儿吃牛肉面的。

他说，小兄弟，你记错了吧，你是去年冬天来的，现在已经是春天了。

我说，那她去哪了？

他说，那天她等了你很久，之后就离开了，她说她在能与你相见的地方等你。

Y在能与我相见的地方等我，我记下了这句格外富有禅机的话拿着剑踏过护城河，我只有马不停蹄地如同流水一样向东奔去，因为当时，Y把飞镖插在地图以外的右边的窗台上，Y这令人汗颜的准心便注定了我十年的追寻。

这么多年以后我一直思考着一个问题：为何短短的一场战斗，却持续了两个月，而这两个月我究竟在哪，究竟发生了什么？这几个问题困扰了好久，而从那以后Y再也没有在我的世界里出现过了，她会不会也像襄阳城里的一砖一瓦一样，渐渐从我的记忆中一直模糊下去。

我记得Y是这样对我说的：L，那我们就一路向东出发吧，这样也许会找到真正属于我们的地方。

临安——30.16° N 120.10° E

在现实生活中，Chelsea一直在填充我的幻想。甚至绝大部分超越了我的幻想。

高三快结束的时候，我离校自学，Chelsea偶尔会偷偷旷课从学校过来看我。她会帮我把我忘记洗的衣服全部洗了，并且让我在一旁蹲着看她怎么搓怎么漂，她说得清清楚楚，只是她一回学校后我又会忘记怎么洗了。其实我忘了告诉她我当时有轻度健忘症，之所以忘了告诉她，也正是因为如此。

据我所知，Chelsea的身体不好，有晕车的毛病。Chelsea一到我家就说好累，然后直接倒在我的床上紧闭着双唇一动不动，我觉得此刻应该发生点儿什么事情。我躺在Chelsea的身边一直给予其暗示。

Chelsea说，什么事呢？

我说，再想想嘛。

Chelsea 说，哦，我知道了。然后站起身子走到电视机前将电视打开说，我知道了，今天有《小龙人》的重播，我们一起看嘛。

后来 Chelsea 告诉我，其实她一直提倡绿色的爱，很环保。这说明当时她在装傻。一时装傻当然不是最大的不幸，最大的不幸是《小龙人》从那天起，播放了一整个夏天，而我也傻乎乎地陪她看了一个夏天。随着片尾曲一次一次地重复，我始终不知道小龙人到底有多少个小秘密。

却知道了和 Chelsea 分手后，我的生活少了不少主题，其实我的生活除了睡觉外本身就没什么主题。开始的时候像是在梦游，心里很不好受。一个人实在没有什么食欲，什么也不想吃，更不想回家，我只好在马路上闲逛。有时候站在电影院前看看电影介绍的看板，有时候看看阿迪耐克橱窗里的球鞋，而大多数时间是在看与我擦身而过的行人。有数以千计的人在我的眼前出现又消失、消失又出现，我觉得他们好像是从一个意识的边境，移到另一个意识的边境。

后来 T 跟我说，真正穿越意识的人是你自己。

T 是我在大学认识的朋友，我们一起合租房子，一起抽红色 Marl-boro，一起打魔兽，一起对校园里的美女评头论足。第一次见面我们异口同声地跟对方说道，我好像在哪见过你。T 和我总改不掉丢三落四的恶习，经常性地把烟含在嘴边但找不到打火机，为此我们曾经像人肉炸弹般有备无患地在全身上下塞满打火机，然而最令人郁闷的是有一天我们两人却同时丢掉了房间大门的钥匙，这样的概率尽管很小，但也无法在我们身上避免，唯一能解决的方案就是凑齐五十块去找人开锁。

在我们居住的地方附近，墙上到处涂鸦着服务性质的广告，我们拿着手机当手电筒照亮着墙壁挨家挨户地寻找开锁匠的联系方式。那时候是凌晨一点，如果你正住在一楼又迷迷糊糊地看到两个人各带着一个诡异的发光体弯着腰从窗户下飘过，你一定也会和当时的个别街坊邻居一样，吓得不敢出声，或是鼓起勇气随时准备抢起武器在窗口给我们当头一棒。不过好在 T 在某面墙的角落看到了开锁匠的联系方式，正在准备拨打的同时，我却又看到了 Y 曾经在扬州井中留下的那串数字。

我激动地拽住 T 的胳膊，说，你快看，这儿怎么会有 Y 留下的数字？

T 回过头，却是那张刀派杀手石决明独有的长满胡楂的脸。眼神，还是一如既往的忧郁。而两边的场景却瞬间化为乌有，代替它的是一间人声鼎沸的茶馆，跑堂的小二擦拭着我眼前布满灰尘的桌子，我慢慢抬头，发现墙上挂着一牌匾，上面用楷书写着两个字——龙井。整个茶馆，飘逸着淡淡的茶香，楼外是几声画眉的斗嘴，清凉而又甘甜。

原来 T 就是石决明，可是他的记忆却没有因此被唤醒。只是他身边少了那把令人一看就知道他不是个好人的刀，却又多了一身富丽堂皇的长褂，他缓缓地放下手中的紫砂茶壶，隔着腾然升起的蒸汽对我问道，你为何如此执著地要去寻找那个叫 Y 的姑娘呢？

其实，我并非在寻找她，我只是在寻找我和她的过往。

过往？杀手无情无义，又哪来的过往？

除了过往，我还在找一个答案，那答案便是她是否是我心中的那个人。

呵呵，这个答案怎么还需要去寻找。

你不懂，其实我还爱着别人。

哎，原来你是个多情的杀手，这样只会招惹困惑。

所以需要你来帮忙，帮我找到她。

我无能为力，Y 已经死了。

不可能，Y 说她在等我，怎么会死去？

在你拿别人的标准来衡量另一个人的时候，其实那个人就已经没有存在的意义了，这样不仅不公平，反而会使自己迷失。他放下杯子，站起身来对我说道，如果你非要用剑逼着我帮你寻找，那么我也会去做，但是最后你会跟所有俗人一样，无法找到真爱，告辞了。

我认识一个和你有着同样症状的人。在那个晚上，在我把我的故事彻头彻尾地告诉 T 时，他没有像其他人一样觉得我无聊或者疯狂，而是一本正经地将手拍在我的肩上告诉我，真的，我认识他。

于是后来我传授给了 T 魔兽争霸最变态的打法，作为他带我去见那个人的条件，一路上 T 就提醒过我，那人是天桥下算命的，算命的人的话通常只能信一半。

你来了，L？那个算命的人果然就坐在桥下，他见我们走来，便向我问候。

你怎么知道我的名字？

你忘了我了吗？你的名字是我给的，我怎么会不知道呢？

什么？

别疑惑，每个人都可以穿越时空，但是人的身体就只有一个，所以真正在穿越的是人的意识，只是有些人的意识在另一个时空停留短暂，只有在睡梦中的一秒或者一个小时，有些人的意识持久，可能是几年或者间断的几年。而那些意识相当混乱，有时候你会分不清前后，甚至没有任何记忆可言，就像一副洗乱的扑克牌，你可以穿越未来，你也可以穿越过去。

但是我无法弄清我究竟活在未来还是活在过去。

你就如同当初的我，在我四十岁的时候我才明白我是活在未来，你现在还不明白，是因为你还未让你心中的信仰失去平衡。

我的信仰是什么？

是关于两个人的爱情。

你告诉我 Y 在哪？

Y 在哪只有你知道，你为什么爱的是别人，却又放不下 Y，既然你放不下 Y 又为何去爱别人，这些只有你自己清楚。

最后问你一个问题，你和我为什么可以穿越到一块？

因为命中注定，我们今天会见面，所以就预先一起穿越到了过去，先有果，后有因。他诡异地笑着，抬起头告诉我，呵呵，记住我下面说的话：世上的任何事情都是先有果才有因的。

　　关于再次出现的石决明，我后来又去找过那个算命的先生寻求解释，他说我的意识在穿越的过程中会传染给身边的人，才构成了新的他，但他和我的区别就是他是客观的，没有记忆，而我是主观的，因为梦是我做的，他不过是我的无数条辅助线中的一条，随时可以抹擦而去。

　　那么 Y 呢，她是否也是我的意识的横向延续？

　　在临安的四月，石决明最后应允了我的要求，他坐在一艘漂泊在钱塘江上的船只上告诉我，我知道了 Y 的下落。这让我格外兴奋，我跃然从岸边跳向他所在的船只，站立在他的面前等他说下去。

　　你只管坐在船头闭上眼睛，我带你去便是，当你睁开眼睛时，就会有人告诉你 Y 在哪。石决明接过船舵，向远处摆渡而去。

　　江水湍急，船在水中渐行渐远，我不知道他要把我带到何处，我只闭着眼睛，在黑暗中，我看到 Y 和 Chelsea 的影子在重叠，有人在背后推了我一把，我掉入了江中，冰冷的水浸入我们的身体，然后我在梦中惊醒，黑色占据了整个空旷却狭小的房间，在一旁专心玩游戏的 T 问我，怎么了？

　　我做了个梦，我想起 Chelsea 了。

　　T 抽着烟眺望远方说，那就去找 Chelsea 吧。

　　我问，你是不是那个在我睁开时会告诉我答案的人呢？

　　T 笑，没有回答。他笑得很真实，如同那龙井的茶香。

　　去吧，L，下一站——上海。

上海——31.14° N 121.29° E

　　现在，我叼着烟在车站路过。按照惯例，我知道接下来的一段时间里会有一个穿着邋遢的男人来拍拍我的肩膀给我递上一根烟然后问我要票吗。我会说去哪的。如果他说上海，那么我就直接上车了。在那之前，我所能联想到的关于上海的一切相关信息都只有 Chelsea，换句话说，那座城市给我的印象只来源于 Chelsea 却不及 Chelsea。

票贩子收了我四十块钱很负责地送了我一张上海的地图。我是个路痴，六岁之前没单独走出过自家的院子，九岁的时候从自己家跑到外婆家觉得那是世界的尽头，十五岁之前没坐过火车，二十岁之前一直认为苏州才是江苏的省会结果被 Chelsea 嘲笑了半年，所以地图对我的作用并不大，它的意义仅仅在于当我到了外地的时候可以向当地人示意我其实是个外地人而已。可是奇怪的是，在 Y 的世界里，我却走遍了天涯。

因为没有方向感，我的地理成绩一直停留在最后无法前进，为了证明自己的能力我曾经决定和 Chelsea 一起作弊，我们发誓只一次，保证今后不会再犯。米兰·昆德拉说，只发生过一次的事就像从没发生过一样。我和 Chelsea 都无比信奉这句话。

我高二会考的时候科技基本上已经以人为本，手机人手一只。平时没什么用途，一个月几十块几十块地给中国移动缴月租费就为了等重大考试的这一天。我和 Chelsea 在这方面没什么经验，这说明我们是纯洁的，迫于无奈才出此下策。

因为没什么经验，Chelsea 的心理压力是很大的。监考的老师似乎知道我跟 Chelsea 有不寻常的关系，一直在我们俩之间徘徊。做监考老师能做到连考生背景资料都掌握得如此熟悉并不多见，眼前这位就是一个典范。Chelsea 就在这样的情况下将三十道选择题的答案顺利地发给了我二十九道，对于一个新人来说，这是值得鼓励的。但问题在于她发漏掉的那一题究竟是哪一题，这直接关系到我能否顺利毕业。

幸运的是我后来毕业了，却没考上好的大学。而 Chelsea 考到了千里之外的上海。

我颠簸了一个小时，赶上了和二〇〇八年的大雪一起抵达上海的机会，而天地浑然，那雪仿佛是只有 Y 出现的那些片段里才会出现。

　　很多个小时后，在上 × 大门外，我终于等到了那个在雪中撑着伞走来的女孩，Chelsea。她没有逃避我的目光，没有为我的突然出现而惊讶，她平静地与我并排行走着，我勇敢地拉住她的手，彼此都在等待对方开口。我想起曾经，我每次都会骗她，咦，你的手又变细了，然后她就会把手伸出来，我用拇指和食指把她的手腕按住测量，再笑着说，嘿嘿，骗到你的手牵了。

　　而现在，我们的故事却在纷纷扬扬的大雪中，在人潮汹涌的马路上，在北回归线以北的终点，渐渐被我们拖入了俗套。

　　我们在雪中走了好久，在第四个十字路口那儿，她终于停下漫无目的的脚步开口跟我说，可是我已经回不去了，我们爱着的都是过去的彼此。

　　什么意思？

　　你爱的人不是 Y 吗，我不过是她的附属品，所以你才会在潜意识里喜欢上我；Y 爱的人恰好是过去另一个世界的你，而对于作为她的附属品的人——我——而言，我看到的却不是 Y 心中的你，是因为成长吗，是因为成长吧。

　　你是说，你就是 Y 吗？

　　嗯，我不知道 Y 究竟是未来的我还是过去的我，我曾经一直一直都不知道，直到那天我用了 Y 留下的号码以后，我才渐渐找回那些失去的意识，仿佛我逐渐要被带回到那个古老的年代，我遇到了过去的你，事实上，那时候的我们很快乐，就像你和 Y 在一起时那般快乐。可是，我们都是自私的人，都想拥有曾经的一切，又都想去捕捉美好永久的未来，却抓不住现在。

　　Chelsea 说完这一切后，掉头离去，她离开的模样坚决得一塌糊涂，如同进入一个漩涡，在现实的世界中抽象下去。她说，我们再也回不去了，L，只有记忆可以循环。

　　原来我一直在一个世界寻找一个正在另外一个世界寻找我的人。在 Chelsea 的身影彻底消失在我的视野之外后，我最后一次拨打她的电话。我问，你在哪，你在哪？

　　而那边除了一阵嘈杂，还有乌鸦的嘶鸣，我闻到了那年离开襄阳前如出一辙的死亡的气息。原来，现在的 Chelsea 就是曾经的 Y，可事过境迁之后，我却回不去了，只有记忆是循环的。

　　我关掉手机，朝地铁站走去，此时对面的长方体楼房顶部的钟敲了七下，下面的人的表情无个让我想起了 Chelsea 送我的鬼脸嘟嘟，或笑，或哭，或木讷。我仿佛听到了 Chelsea 在说，你来了又去去了又来，我拿什么缝补我们爱情的空白。我想我们以后再也不会对彼此抱有幻想以及希望，因为关于那场幻想在五年前的夏天或者更为久远的某个冬天就已经以悲剧收场。

　　很多事，都是后来才会发觉，发觉到我们都好傻，傻到我们竟相爱了一千年，而时间却一直在嘲弄我们是如此的年轻。

作者简介
FEIYANG

　　李遥策，男，1985 年 11 月生于浙江温州。在《萌芽》等刊物发表文章。（获第七届新概念作文大赛一等奖）

喜乐兽  ◎文/颜歌

喜乐兽是远古神兽，雷神的坐骑即唤喜乐。此兽莫分雌雄，身材矮小，左臂略长，手腕处有五到七根倒刺，此外与人类六七岁小孩无异。

喜乐兽喜食谷物与清水，忌油腥。喜欢看传奇小说，讨厌数学书。

喜乐兽乃瑞兽，独居，行踪神秘。得见喜乐兽之人非富即贵。必将出人头地。古时帝王 都有遇喜乐兽的传说。故此兽名喜乐。

喜乐兽上一次出现在永安市是在五十年前，关于这次出现的记载可以在市立图书馆中找到。

——在五十年前的那本《永安志》中，有一位市报记者拍下了一只喜乐兽的照片。是那种很老的填色照片，里面的小兽看起来似乎营养不良，眼睛很大，齐耳的头发，厚刘海，皮肤被填上了一种奇怪的粉红色，穿的运动服则是绿色。神情恐慌，站在镜头外，用欲哭的眼睛，笑。

记者跟随着这只喜乐兽生活了半个月，喂它清水谷物——记载中说，喜乐兽食量极小——给兽看连环画上的传奇。记者回忆说："它对我极其依恋，几乎认为我是它的父亲。"

报道发出后，这只喜乐兽神秘失踪，再也没有出现过。

记者因此一炮而红，果然飞黄腾达，成为了永安市的市长。

上个星期，老市长在干休所中凄然过世，未有妻子，更无后人。死后整理遗物，旧书衣物两三箱，银行内一千七百元存款而已。

老市长和那只喜乐兽的故事，连照片和一则整形丰胸广告整整占了《永安日报》一个版面。背面是一整页的小消息：全新二手车低价转让，本市户口女青年寻成功外籍男士学英文，征婚，租房，搬家，清洁，寻人，寻宠物，密密麻麻几乎看瞎人眼。

其中，有一则广告寻一位叫做李春的老人，但并无照片，说此人失踪多日，身材瘦小，右眼下面有颗痣，不爱说话。若寻得者拨打电话1319302XXXX。必有重谢。

——在海豚酒馆见到小虫时，他正忿忿不平地拿着这张报纸往桌上拍，看见我来，就对我骂：快快你过来看看，现在报社的人都还没睡醒吧！一个什么破寻人启示居然登成我的电话！都写的什么呀，这样也能找到人才怪！老天爷我电话从早上七点就没消停过！

有人哧哧笑说，小虫你人品问题，恐怕是有人故意整你吧。

我坐在他对面抽烟，头疼得要死，什么报纸我说，拿来看看。

那张喜乐兽的照片就是这样被我看见的。

照片中的小兽面容美好无知，微笑，但眼中隐有恐惧。我凝视良久，次日就去市立图书馆查喜乐兽的资料，但再也没有更多了，五十年来，只有那一只喜乐兽，见过它的人，只有死去的老市长。

现在还有我。

永安市中有无数的兽，有的和人无异，有的怪诞无比。大学时，在导师的办公室内，我见过更多兽的照片，早已经灭绝的，还有古人画毫无透视阴影的画像，但从未有一张若这样让我动心，照片中的喜乐兽，直视镜头，神色恐惧又微笑着，就似，另一个我。

我再打电话给我的导师，问他喜乐兽的故事。我说你知道喜乐兽的传说吗，我记得似乎是教材中的参考资料部分。

他说是啊，这种兽邪门又神秘，到现在资料还少得不得了。甚至都没有人能够确定是不是真的有这样的兽。

那张早报上的照片……

根本看不见手腕，更不要说倒刺了，就一张照片，随便说是什么都可以，谁知道是不是那只兽！

他这样说，我很生气，我说，你老了！若是以前你一定会去找的。

他说是啊我老了，我被你气老的！

于是怏怏不乐，挂了电话。

比我更怏怏不乐的人自然还有，那便是圈内名混小虫，他近日化作私家侦探，寻找那名叫做李春的老人——不断有人打电话来说看见了老人，火车站，锦绣河边，天美百货，甚至市立二中——小虫奔忙如陀螺，找过去，却不是，他打电话给我，说，不知道什么时候才能找到她，然后速速问清她家人地址把她交还回去我就可脱离苦海！

我笑他说，你何不直接换掉电话号码——此话一出，就知道自己说错话了，那边小虫冷笑：我们当了十几年的朋友，你还真是越来越天真可爱了！

我们都不说话。有些软肋，是谁都碰不得。

但我想，大混混小虫，即使不换电话，找几个早报的朋友，要解决掉这出乌龙也并不困难，但他终究不忍，想要寻到那名陌生的老人，送她回家。

我说小虫，你真善良。

小虫哈哈一笑，直接挂掉电话。

不知何时起，大家都不说再见了，节约电话费到如此匪夷所思的地步。

那天晚上我梦见那只喜乐兽，它站在那里对我微笑，身形瘦小，就是一个人类孩子的模样，它的眼睛看起来那么大，看着我，一句话不说，神情慢慢变得诡异，把我吓得尖叫起来。

一晚上没睡好，第二天我破天荒起了大早，下楼去吃早饭，居然遇见了传说中的卖鸟的小贩——是一个中年妇女，皮肤发黄，头发干燥，吃着一根油条，鬼鬼祟祟向我走过来说，小姐，要鸟吗。

我看了她一眼，也不知道是哪根神经抽了，说，要。

我跟着那个女人去看鸟，不由想起三十多年前的时候，永安城应该还是有很多鸟儿的——画眉，喜鹊，乌鸦，白鹤，大雁，麻雀，应有尽有，候鸟或者不是，来来往往，天空中喧闹无比。然后那场莫名其妙的灭鸟运动开始：先是几个学者发表文章，说鸟是传播好几种疾病的凶手，制造噪音污染，减少粮食产量。接着，轰轰烈烈的灭鸟开始了，用枪，用网，烧掉，埋掉，捅鸟窝，砸鸟蛋，评选灭鸟英雄——头头们无比严肃，发表讲话，于是也就没人笑得出来，从那以后，鸟就从永安消失了，至少表面上是如此，即使又活下来的，也不会去叫了。有时候你会在城市中遇见那些农村来的鸟贩子，他们和卖毛片的贩子一起是城管们的心中大患，他们走过来问你说，师傅，要鸟吗——或者，师傅，要生活片吗。

这听起来是个笑话，但我说了，头头们那么严肃地讲话了，发文件了，盖着通红通红的公章，也就没人笑得出来，即使那时候灭鸟的头头死了，后来的头头也要给他个面子，继续让城管满城抓鸟贩子。

因此，那个鸟贩子给我鸟的时候，我根本就没看清楚它是什么样子。她说，三十块。我就给钱了。

我问她说，阿姨，是什么鸟啊。她说好鸟，好着呢。

——我的鸟是红嘴灰身子，安静得甚至不像是鸟，有时候要死不活叫几声，晃着脑袋，在笼子里跳来跳去。我叫它小灰。

但我猎狗一样的导师打电话给我，说了几句，就问我说，你养鸟了吗。

我说，是啊。于是他痛心疾首，又训斥我一顿，他说等你被发现可是要罚一大笔钱的！接着说，你过几天来我这里拿点好的鸟食给你。

他问我说，喜乐兽的事情你有进展了吗。

我说，没有。

他说我找了点关系，我们明天可以去老市长住过的干休所看看。

我大笑说你依然青春依旧。他冷笑：老地方见。明天早上九点半。

我等了他半个小时他也没有出现，后来来了一个学生模样的年轻男孩，他说老师让我把介绍信给你，他说他有事。男孩穿格子衬衣，眼神明朗，青春逼人，他红着脸说，我看过你的小说。

我和他道别，坐三百七十八路公交车到牧人山上的干休所去，公交车从机场高速下面开过去，我隐约听见飞机起飞降落的巨大声响——不久以后，它们就会变成凤凰，去向远方。

干休所比我想的漂亮很多，都是独立的灰白小房子，院子种着樟树桦树桉树，门口是各种花朵。正是栀子花的季节，雪白柔软的花朵开了满园芬芳。

编号七十三的管理员带我去老市长生前住的房子，编号是一〇四。他说，老市长死了以后就一直空着，还没人住呢。现在也基本都是他生前的样子，没怎么动过。

我推门进去，房间简洁得就像从来没住过人，我眼前轰地大屏幕一样滚过报纸上颂扬其高风亮节两袖清风的句子。外间是一张茶几三张藤椅，一台二十九寸电视，然后进去是内间，床，床头柜，书柜大过衣柜。卧室出去是天井，天井后是厨房和卫生间——是老房子的格局了。

我问七十三号管理员，我说老市长没别的东西留下吗。他白我一眼说，你没看报纸吗，两箱书，一箱衣服，没别的了。

房间的墙壁刷得雪白，太阳照射进来，一反光，让人的眼睛也睁不开。我说，这墙真是白，老市长每天这么看着居然不眼花。

管理员说，谁没事看墙呢。

我们左看右看，他跟在我后面面无表情，我在心中把我导师骂上一百五十六遍，摸出烟来问他说，抽烟吗。他说，不。于是我自己点上，狠抽一口，接着对他露出最迷人的微笑，说再见。

下午三点钟，七十三号管理员陪我走过整个干休所，一模一样的灰白平房外各种编号一闪而过，安静得像是一座空城，他送我到门口，说，再见，然后，用力关上了大门。

我在海豚酒馆对小虫讲干休所的故事，我说真是干净啊干净啊！小虫坐我对面，喝啤酒，吃花生，他说这么干净你信吗，再干净的房间还积灰呢，除非你天天扫。

他的电话就是在这个时候响了起来。

我们在星空电影院门口看见李春的。霓虹灯背景一样闪得像个绚烂舞台。她坐在台阶上，身形瘦小，像个孩子。低着头，看不见表情。头发花白，穿绵绸的红上衣。

带我们来的小吃店老板说，她坐在这里好几个小时了，我问她叫什么名字，她说叫李春，我就打电话给你了。

我们走过去，她抬头看我们，她的眼睛极其黑，并且依然大，那样看着我，略带悲伤，接着，微笑。右眼下面有一颗痣。

她很老了，皮肤发皱，但曾经应该是一个美人，眼睛很漂亮，鼻子的形状也很好，脸的轮廓也是美丽柔软的。

我们问她，你是李春吗。她有些奇怪地看我们，但并不否认，说，是。

小虫说你家里人到处找你呢。你家在哪，我送你回去。

你是谁。她问小虫。

我是那个被错登了电话上去的倒霉鬼！小虫没好气。

她看着小虫，笑了，说，好吧，你送我回家。

小吃店老板眉开眼笑，脸上露出抽中彩票般的光芒。李春不露声色拿出钱包，摸了五百块出来，递给老板说，谢谢你。

小吃店老板欢乐地接过钱道谢走了，他只看见了钱，但我和小虫都在那瞬间看见她的手腕，瘦弱，细，白，并且，长了六个突出的骨节，婴孩牙齿一般——是左手。

我说，你不是人。

她依然笑，说，是，我是喜乐兽。

　　她的眼睛看着我微笑，和照片中那只小兽有一瞬的相似，我脊椎突然发凉。

　　我们送李春回家，她住在第六人民医院的家属大院中，我问她说，你是医生吗。她说，是的，中医。

　　我们去她家中小坐，客厅干净整洁，粉红色窗帘，有一个小吧台。你一个人住？小虫问她。

　　我没有结婚。李春说。

　　她问我们喝酒吗，并去给我们拿杯子，我细细看她，左臂果然比右臂略长，我们三个坐下来，她给我们倒酒。动作轻巧美丽像跳舞。

　　小虫喝一口酒，略带紧张：大概这是他第一次真的看见兽。

　　他说，那个电话……

　　登错了，李春笑，他的电话最后一位是六，你是九。

　　他？我问。

　　不在了。她说。

　　我无意听恋爱故事，于是直奔主题，我问她说，照片中的那只喜乐兽你认识吗。

　　是的。李春喝一口酒，动作极其优美，她说，那就是我。

　　她的眼睛，漆黑，看着我，已经是一个人类老人的模样，算起来，五十年前，还是一只幼兽。

　　我以为喜乐兽一直会是孩童模样，且没有性别。我低声呢喃。

　　她笑了，她说人类对喜乐兽其实知道得太少了。

　　她说得没错，人类对兽始终知道得太少，却自以为是，还为它们著书立说，无数人靠它们吃饭且骗得了功名利禄。但无人知道兽确切的生活，如何生，如何死，看着人类，如何过下去。

　　可能也是因为这样，我无法把照片中的幼兽和眼前的老兽联系起来——她已经老了，但眼睛确实和那只兽无比相似，我随口问她说，喜乐兽能活多久。

长生不老。兽回答。

那一夜我极倦，小虫送我回家，为我冲牛奶，像我兄长那般哄我睡觉。我半梦半醒，对他说，记得喂我的鸟。他笑捏我的鼻子，说，我知。

殊途同归，谁知道，他找的李春，和我找的兽，竟然是同一。

那一夜我又梦见那只喜乐兽，而且还是幼兽的样子，她依然那样看着我，眼中恐惧似乎更甚，突然，发出一声清脆的，鸟儿一样的兽鸣。

我猛然惊醒过来，似梦非幻，听见鸣声不断——原来真的是我的鸟在叫，突然之间，疯了一样，叫了起来。

我冲到客厅开灯，看见鸟无比亢奋地跳来跳去并且鸣叫，我极惧，冲过去看，却闻到鸟笼的水槽中酒气冲天——死小虫！竟然用白酒当水喂鸟！

我想打电话去骂他，但终于忍住，给鸟换了水，把鸟笼罩上黑黑的笼罩，就再也睡不着。

睡不着，在窗户旁边坐着抱着靠垫抽烟，低头下去，恍惚看见永安城下，浓密的树林长了起来，急速地发芽膨胀，把高楼挤碎吞噬，挡住了所有的灯光，但还有月亮，云层厚重而发黑，天空高远，就像远古时候，从来没有城市那样，那时候，没有人，都是兽，它们在树林间奔跑，拥抱，撕咬，残杀，交配繁衍着下一代。突然间，我就看见鸟儿飞起，是一只鸟，或者，是许多只鸟，我记不得，因为那鸟极美，身形修长，动作优美，麟羽泛出青白色的光芒，就像凤凰，翅膀汇集了世界上所有的色彩，从永安森林里飞出来，清锐地长鸣了一声，无比悲伤，绕着城市飞了一圈，冲上云层，消失了。

我的鸟继续发疯般叫着。

三分钟后我导师打电话给我，他有些激动，说你看见鸟了吗，真的！鸟！那一定不是普通的鸟，那是兽！

原来居然不是幻觉。我失笑。

第二天，这条新闻铺天盖地上了所有永安报纸的头条，有照片，却模糊不清只见白光。晚上不睡觉的人居然有那么多，许多人看见了鸟。老人们在摄像机前泪流满面，有一个说，上次看见这样的奇景还是小时候的事情了——更多的老人坚持说，这就是凤凰，就是传说中的神鸟。一整天所有的人都在议论这件事，直到晚上，我去了海豚酒馆，还听见我隔壁一个很朋克的小混混边喝酒边说，我早就见过那只鸟的样子啦！但没想到居然真的有！

我转头看了他一眼，他也看见了我，我只好对他尴尬一笑。

过了几分钟，那个男人走到我对面，坐下来，给我买了一杯酒，他说，我见过你。

我低头喝酒，他却固执重复，他说，我真的见过你，在什么地方。

他摸出烟来，递给我，问我说，抽烟吗。

不。我说。

他愣了一下，笑了起来，他说，我想起你来了，你上次来过干休所！

我也愣了，抬头看他，我说我也记得你了，你是七十三！

我们一起大笑起来。

我陪他喝了几杯，他可能早就喝醉了，凑过来，满身酒气，给我讲老市长的事情。

他说，那个老头其实有点疯疯癫癫的。老是在自己房间墙上画画。他神秘地压低了声音，他说，你知道他画的什么吗。

他画了那只鸟。他说。就是昨天晚上那只。真的！

我眯着眼睛，不去管眼前醉醺醺的男人，想到了那面泛着阳光的，晃眼的白墙。后面居然有那么美的鸟。

我打电话给我老师，告诉他最近发生的事。他说你又去找过那只兽吗。我说，没有了，也不想打扰人家的生活。他称是，他说你一向是这样的。我们都在电话中沉默，他说，你出来同我吃饭吗，明天，你的生日快到了。

我笑了，我说，好。

他再次失约。我坐在饭店中，等他一个小时，来的还是上次那个男学生，给我一封信，他说老师有事不能来，让我把这个给你。

我啼笑皆非，撕开信封，里面只有一张照片。

里面的男人并非我师。高鼻梁，戴着眼镜，有些木讷，身边是一个女人，很矮，身体瘦小，面容秀美，一双眼睛大而漆黑，看着我。是冬天，两个人都穿着厚厚的衣服，站在雪地里，笑。是有些老的照片了，照片里的人，那时候还年轻。

我不恼反笑，我说算了，来都来了，我请你吃饭。

他脸红，说，好。

我们吃了丰富的晚餐，预定的老年份红酒也喝得干干净净，我说最近你们都在干什么。他说最近啊，研究喜乐兽啊，怪得很，天天带我们往市政府跑，翻陈年老资料，不知道有什么关系。

我冷汗一出，酒醒一半。不愧我师。忙摸出照片，问他，这个男的是谁。

是永安市以前的市长。男学生说，老师说你一看就知道的。

我再看那张照片，是的，我终于认出了，那个女的，那双眼睛，那是那只喜乐兽，李春。

分明就是那只兽，看着我，微笑，那时候她是一只成年兽，果然和我想的一样，非常美丽。

我约见小虫，问他说，把你的电话最后一位改成六，打过去是不是老市长的电话。小虫忙着发短信，说我怎么知道。我说你少装蒜，你这么八卦，不去查才怪。

他尴尬一笑，他说，是的啊。我就知道了嘛，恋爱故事。

那时候我没有问，兽说，他不在了。我便隐隐有感觉。

那时候他还年轻，他是个记者，在镜头后面，他看见了那只小兽，他爱上了她，她亦然。但最后，他们为什么分开，并且彼此孤独终老，无人能知——恋爱故事。

但他发出寻人启示，到处找她的消息，那只兽，她不爱说话，眼下有痣。她也看见了，但却在背后看见了他的死讯——恋爱故事。

恋爱故事。算了。

我们两个对着抽烟，那是一场古典爱情，五十年前，期间，发生了地震，战争，甚至荒谬的灭鸟运动。我笑了一下，咳嗽了起来。

我闭着眼睛，就能看见摄影师的镜头，阳光是那么久远的了，小兽穿着运动服，身体渴望又软弱地倾斜，在他的眼睛前面，努力地微笑——就是那张照片，她的眼睛漆黑，很大，明亮，神情有些恐惧，脸在阳光下发出墙壁一般的雪白光芒。

我突然打了一个寒战，再一个。

我猛地抓住小虫的手，我说那天的报纸呢！我要看！

那天的报纸小虫丢在海豚酒吧，我们冲回去找出来看，那张小兽的照片还看，一切都不是我的幻觉，它的脸小而且白，虽然被涂上了奇怪的粉红肤色，但依然璧一样纯净。

右眼睛下面，没有痣。

不只如此，我又后知后觉猛然想起，导师给我的那张照片中的女子，眼下也无痣。

我摸照片出来给小虫看，问他说，你看这个人是谁。小虫说这个女的挺漂亮的啊。我说是不是李春？他说，不是。

为什么。

小虫慢条斯理，抽一口烟，皱着眉毛看我：你是白痴啊，照片里面这个女的算起来至少比李春大二十岁——你没看下面的时间吗，是五十年前，那时候李春不是还小吗！

我一惊，又把照片拿过来看时间，果然，清清楚楚的日期写在右下角。那时候，那只喜乐兽还年幼，甚至并无性别。

我们拿着照片冲去找李春，但人去楼空。小虫沮丧地一直敲门，敲得隔壁老头都出来看我们。老头穿一条白短裤，神色朦胧，皮肤急剧下坠着，似大沙包。他说你们找李春吗，她走了，前几天来了好几个人，把她的东西都搬走了。

他神秘地对我们说，我早就觉得李春有问题，不是一般人啊。我和她当了三十年邻居，都没怎么和她说过话。

多么悲哀，她是一只兽，但现在断了消息，没有人知道，她如何长大，发生了什么——喜乐兽喜独居，行踪神秘，百年难遇。

但小虫显然比我清醒些，从我包里拿出照片给老人看，他说你认得这两个人吗。

老人看了又看，说，这个女的长得和李春年轻时候很像啊，男的，不就是以前的市长吗。李春和他们什么关系啊？

我一惊。忙把照片拿回来，匆匆道别，拉着小虫走了。

那天晚上我一个人走路回家，烟抽得很多。我们把故事想错了，但故事一定很多。已经死去的老市长，还有那个从未出现的女人或者兽，还有喜乐兽李春。但现在，线索消失。

还有，那张照片中的，我几乎肯定了，另一只小兽。

永安的夜那么黑，一到夜里，虚幻的树木就从土地中发芽，噼里啪啦地生长出来，高高地插入云霄，变成了兽的美丽回忆。隐约而不明的鸣叫不断。

我用力抽一口烟，呛得咳嗽起来，在一个长顺路过去的街心花园，我蹲下来，看见那只照片中的陌生小兽，那双充满恐惧又微笑着的眼睛。那是亡灵。我心中明朗，它已经死了，所以时时出现在我面前——在永安是亡灵、兽和人混杂的城市，彼此在大街上擦肩而过，相爱，甚至产子，但都不得好死。

我的电话响了起来。

打电话来是我老师，我接起来，不说话，他在那边叹气，他说，你不要哭。你不要哭，我来看你。喜乐兽已经离开了。

我说，我知。语气低沉。

明天你来实验室。他说。

好。我说。

但我等不到明天，立刻打车到大学去，轻车熟路摸到实验室，拿钥匙，开门——我知道他不敢换锁，门立刻开了。

我打开灯，白光下，对他仅存的内疚消失无踪——房子里打劫一样散乱着许多物品，分外眼熟，一看就是李春的。早该想到。

我走过去看，在台上有一堆文件，显然已经整理出了一个雏形，旁边的文件盒盖上写着：喜乐兽001。

上面的东西是李春的，一些信，但都没有寄出去。写着很多年代久远的事情，似古代传奇小说，有的写给某个男人，她说，我似乎爱上了你，所以，不愿意离开了。虽然过得很苦，而你再也不见我，我也不愿离开。其实，我并无意伤人——这只兽的东西很少，字写得很丑，好像刚刚学字的孩童。

也有照片，一张在花丛中，阳光灿烂，她还年轻，长得很瘦但美，独自一个人，笑得恍惚。

后来的东西是老市长的，放在另一个袋子里，写着他的名字。

先是照片。老市长年轻时候的，还是一个记者，挂着老相机，旁边是之前照片中的女人，两个人牵着一个五六岁小女孩，笑得灿烂，小女孩眼下一颗黑痣。

然后是他写给妻子的信，他写道，她已经不是我们的女儿，已经是妖兽，快杀了她！在我回来前，杀了她！

接着是一份市公安局调查文件，盖着好几个章，说是某年某月某日市报大院中发生入室盗窃，女主人被暴徒砍死，女儿失踪，男主人略有轻伤，但神志不清，一定要尽快破获云云——但从文件里看，最终不了了之，于是这血案作为警界之耻，鲜为人知。

还有一份关于灭鸟的文件，应该是内部的秘密档案。那时候他已经是永安市长，起草了草案，里面说，鸟会吃人，要务必从永安清扫出去。

最后是几幅素描画，年代久远，有些模糊了。

头一张就是那只我曾经见过的凤鸟，姿态美丽无比，扭着脖子，眼睛黑亮。

然后是那个照片中的另一只小兽，在太阳下面笑着，很瘦，几乎是皮包骨头，但眼睛明亮，依然有恐惧。

最后一张还是那只小兽的，它已经死了，躺在一处阳台上，左臂长得很长，高高举起，手腕处七根倒刺分外明显，像树枝嶙峋着。它闭着眼睛，右臂在怀中，手痛苦地握紧，而左臂长得有右臂三倍多长，诡异地，高高举起，伸向天空——这张画画得很潦草，我怀疑大多不过是我的想象。

我站起来去放标本的柜子里看，果然看见了一个新的标本，泡在罐子里，是一截枯萎的手臂。很细，手腕处长着六根倒刺，白。手臂剖开，里面，空空如也。

——那天晚上我终于回家，电梯中看见自己脸色苍白，眼睛中满是恐惧。我想着那只兽在李春体内，一朝一日食着爱人的血脉，但又不忍那么快吃完，离开这个与他有关的身体，忍了吃，吃了忍，一共，竟然吃了五十年——它离开时候，在城市上空盘旋，想到他们初见时候，他待它如女儿，为它照相，说，来，笑，它就笑了，但那被它所食的女孩，眼中无比恐惧——电梯门上，闪亮亮的，是我自己的脸，一双眼睛漆黑无声，哭了起来。

推开门我看见我的鸟死在笼子里，翅膀干枯，一动不动。

喜乐兽乃瑞兽，莫分雌雄，形如凤鸟，通人语，性忠纯。喜乐兽性命极短，大多时间寄存在人体内，喜食孩童，因此寄主多为人类小孩。一旦它吃光人的五脏六腑，大脑，血脉，便从寄主长长的左臂中飞出，幻为巨大的凤鸟，形极美，但一夕则亡。

喜乐兽直接从死亡的本体繁殖——头顶的一根翎毛便会寻找新的寄主，进入体内，以此为巢重新成长。

周而复始，亘古千年，喜乐兽，长生不老。

（作者简介见《恋战》一文）

听到，听不到 ◎文/蒋峰

　　到今年的四月三十日，老李的老伴已经过世十年了。老太太刚走那会儿他也没想到自己能一个人生活这么久。头一两年他只是觉得别让孩子们连续操办两次葬礼，就善待着自己过了下来。第三年开始他每晚都和新结识的老高去小饭馆喝酒。一人一瓶白酒，回去不用搀扶，倒在床上就可以睡到第二天中午。那时他想继续活着为了两件事，一是天天可以买醉，二是他和老高较着劲，看谁活得过谁。最后他赢了，老高先倒下了。出院后老高被儿子送到养老院监管起来，就剩下老李每天日落后一个人坐在饭馆里。于是他改喝两瓶白酒，他觉得总该替朋友做点什么。回家依然无人扶他，走在路上摇摇晃晃，他选择最近的一家饭馆喝醉，这样每夜过条马路就能到家了。还是有一回他躺倒在马路上，他知道自己能爬起来，不过躺着更舒服。他的儿子天不亮把他从医院接回家。大夫建议他如果还想平静地活上五年十年，必须把酒戒掉。他想想也有道理，下决心戒酒了。以后他每天去饭馆只要一瓶酒，把老高的那一份喝掉了事。老伴死后的第七年他琢磨着为她自己都没付出那么多，为老高又赔身体又搭钱图什么。当天他坐长途汽车去养老院找老高。"我再老也不会把家搬这地方来。"进到院里他想。护士告诉他老高死了，两年前就过世了。回程的路上他沉沉地打不起精神。坐到饭馆里他只点了一盘菜，没要酒，死人是喝不了酒的。

他上大学的孙子陪他住了一个冬天。爷孙俩找不到什么话题可聊，他没觉得孤单有所减少。一次起夜他听到孙子在客厅打电话。坐在马桶上一些片言只语从门缝飘进来："我就对你的脸还有些印象，要不是打这个电话，都忘记你声音是什么样子了。"

从厕所出来他和孙子并排靠在沙发上，点起一支烟，没说话。"我前女友，"他孙子不安地解释，"分手一年多了。"老李才不管这些，他就记着之前的那些话了。回到卧室他找出相册翻看着———我也忘记你的声音了。

三月份他发现家里的电话有个秘密。没事他就拿起电话屏住呼吸，听串线人讲电话，再在纸上写出甲和乙，分析他们的关系和故事。他真希望有一天会在电话里听到她的声音，那么熟悉，为什么就形容不出来是什么样子呢？

算命的告诉他应该在四月三十日那天的中午十二点去老伴的坟头守候。到夜里十二点他就能听到他想要听到的声音了。可是她没有坟，骨灰在火葬场的陈列室。那里的骨灰盒像图书馆的书籍一样整齐地排在架子上。晚上六点半看门的就把他赶到大门外。晚上十点钟他买了一瓶酒启开。"戒都戒了，喝一瓶又怎样？"他想。十一点他买了第二瓶。"谁说死人就不能喝酒了？"喝光后他又买了一瓶。"这瓶算是替她喝吧，"他喝下一口想，"可是他们根本不认识，坐在一桌我介绍完那个还要介绍这个烦死了。这瓶还是我喝算了。"他一口气把白酒喝光，瘫坐在杨树下。

"不认识又怎么了？你朋友不就是我朋友吗？"那令人激动的声音终于出现了。他一时像哭一般地呼吸急促，不敢回头望，同时提醒自己没有醉，那后面的声音，确定她在身旁。

（作者简介见《想起自行车》一文）

蜕变记  ◎文/柳焕杰

　　王效远在少年时期曾一度是个敏感瘦弱的学生，如何也吃不胖，曾经因为夏天到了怕穿短袖衫露出纤细的胳膊，而迟迟不肯换掉长袖的校服——其实那在别人看来只会显得更奇怪吧？有一回，大约是十六岁春夏之交的某一天，他洗澡的时候，低下头去，发现自己的两条腿略微都有点肿胀起来……开始还不以为然，然而接连两三天如此——且更发现了早晨醒来眼睛总变成了难看的水泡眼——不免就自己在那里揣测着：

　　难道近视又加深了？

　　——好像不是……

　　会不会是太累了？

　　——这跟腿肿有什么关系？

　　难道真是发胖了？

　　——玩笑开大了！

　　初中毕业班的学生，只要不至于太懒，只有变瘦变憔悴，没有反过来变胖的道理。何况是他呢。除非是补品吃多了，而平时又不运动。他平时虽然没怎么运动，可吃的也不多，更别说像某些人那样隔三岔五地进补了——补来补去脑子不见升级，倒把身体气球一样地吹起来了。

　　这样胡思乱想着，只是憋在心里，不与爸妈说。因

为觉得这样一点"小事"不大可能引起重视，到时反而显得自己大惊小怪了。

他们不会理我！他不可理喻地这样肯定地猜测着。然后，又出现了另一个更加恐怖无理的念头：若是真有什么事，也要等情况严重点才有说服力吧！

一个星期之内，状况持续恶化了。那天在浴室，肥皂失手掉下去了，他保持着绷直的双腿就想弯腰下去捡，但是，刹那间……有点痛，那种麻木中突围而出的隐秘的酸痛，仿佛不耐高温的玻璃杯子突然无声地破裂掉，而伸下去的手也随之因柔韧度的不够而直直地停在了半空中……

效远穿了一条童式的短西裤从浴室出来，准备走到妈妈面前对她说：看，我的腿变成这样了。

天已经快黑了，从窗口望出去，刚才还流散着通红的火烧云的天边，现在已暗沉下去变成黑紫的一片。外面的草地上，有一片压抑沉闷的蛐蛐声。屋内没有开灯，玄关上的圆盘饰灯却昏黄地亮着。王太太这时候没有在厨房，反倒站在门口那里，对着外边喊：哎，到底开了没？

那边一个女邻居应道：开啦开啦，真真给它气死了！未等人问，自己又马上解释起来，你猜是什么？33！我都说是虎是虎了，他偏说不是！现在可好，白白又没有了！你过来看看，你看看这一句，"八字对半分"，8劈成两半不就是33了吗？多明显呀……

那声音因为兴奋而显得更尖锐刺耳，所以隔得老远还听得清清楚楚。效远简直可以想象她蓬着头发站在那里，张牙舞爪地挥舞着手中图纸的画面。

"怀才不遇！"他不知怎的想到这个词语，自己扑哧一声笑了。

因为据说在六合彩赌博这一件事里总有一种定律：开码之前个个都是笨蛋，开码之后个个都是神算！所以这样的谈话也见怪不怪。王太太只在那里和那女人同病相怜地慨叹一番，回头看见儿子只穿了条短裤坐在沙发那里看电视。她马上"哎呀"叫起来，一面走进来"啪"地开了灯，一面道：天还凉着呢，还不快去把长裤穿上！这么暗看电视，到时别又说度数加深是用功读书读出来的！真是来讨债的！

　　她正到了刚过不惑之年的敏感年龄上——说是不惑，对于这年纪上的家庭主妇来说，其实反过来倒是真的。家里总有诸多烦心的问题，加上她自己又有怀着错误的心态博彩的坏习惯，简直是火上浇油。过了四十岁以后，神情常常显得比从前呆滞，脾气倒一天比一天暴躁起来，碰上心烦的时候，无缘无故就直接发泄到孩子身上的事也是有的。其实这根本也是因为她正在自己的更年期上。但是十几岁的孩子通常不会那么想。比如效远，正到了叛逆时期，一旦遭遇不公，虽然也明知道不应该硬碰硬，但一来就觉得自己更加有理了：

　　管不了那么多，反正我一考上，马上就走人了，谁还留在这家里受罪？

　　这其实也只是逃避吧？可是，表面沉默的少年，谁晓得他心里到底在想什么？因此也成了她母亲不满的时候骂人的把柄之一：

　　成天板着个脸，我就不明白到底是什么地方亏待你少爷了！

　　你自己倒说句话呀，整天随便随便，你就只会说这两个字吗？倒像我多管闲事了！

　　这一类的话说多了，显然谁也没放在心上。但是在人心忽视了的暗面，总有些微妙的东西在潜移默化着吧？

　　到底是什么时候开始的？母亲不再是那个母亲；儿子，也不再是那个儿子了……

　　屋内的灯泡用了多年，总有光线不足的感觉。男孩给她这么一说，一下子又气闷起来，有点忘记刚才要干什么了。眼睛略微发涩，他站起来关掉电视，顺势就把眼镜摘了下来。突然有点血液不通的昏黑感，眼前那模糊的女人的身影，大厅的摆设，都有点摇晃起来。直到他回到房间，重新穿上牛仔裤的时候，才又清醒地想起来。

咋了?

嗯……肯定有问题!

把脸凑到闹钟上看了一下,时间已过了七点;七点半的夜间补课,再不去就来不及了。他心里一急,匆匆套上帆布鞋子,抓起书包就往外跑。王太太看见了,又在后面叫道:昨晚不是才说天冷吗?怎么还不穿多一件?

已经穿了!

哪里呀?哎哎……

这天晚上他遇到烨冰。

是同年级不同班的一个高大的男孩子,只比他长半岁,可是两个人站在一起,效远马上变成了一个小孩子。课间休息的时候,整个初三的楼层闹哄哄的,学生们以前没有上过夜课,一时觉得特别新鲜,埋怨的情绪暂时都延后了。他一个人靠在昏暗的走廊上,不知道烨冰从哪里突然冒出来的。仍是笑眯眯的和高大身材不相符的嘴脸,但是效远想:富贵人家天真的少爷,不就是这样的吗?——但这念头是非常干净的,绝没有轻蔑或者妒忌之类的坏情绪。

他几乎是个孤僻的人,隔班就是另一个世界,但是他们的相识倒是偶然。有一个阴天的傍晚效远的班上正安静地考着试,偏偏在这时候响起了尖锐的警报声。他平时是个老油条,什么事都装得从容不迫的,但是考试尤其是考数学的时候不行。突然听到这样尖锐的巨响,简直就要了他的命。效远下意识地用手遮着下半脸以防有人大惊小怪地叫起来,比如说"你脸怎么青了"?这是他很讨厌的事情。

至于警报声,是这样的:学校的人闲来无事,整天搞一些什么"突发灾难逃亡演习",事先设定好各班逃跑路线,到时就能有条不紊地疏散开来。这一次遇到的,是"罕见的间歇性大地震"。可是题目才见到一点曙光,天塌下来也得写完。就这样,一边三心两意地时而抬头时而低头,眼看着外面四处楼道上挤满的人推推搡搡地有说有笑地"逃"

出了大楼，等他再抬起头的时候，突然却是一片死寂的样子。人不见了，人的声音和警报声也都消失了。

　　效远不知怎的马上放下笔，不由自主地往外走，一边走一边莫名其妙地紧张起来。在门外的栏杆旁边犹豫了一下，正准备顺着楼道走过去，这时从某班上突然走出来一个背着大书包的高大男生，他下意识地叫了声，"嗳，同学……"

　　他马上回过头来。于是他们都看见了对方的样子。

　　这男孩就是烨冰。后来效远一直在想，为何会在一瞬间，信任了彼此？——尤其自己是疏离感这样重的一个人……也许只因为当时的巧合，还有对方的眼神，总之，很多事情是不需要解释的，存在自有它的道理。

　　熟识了以后，偶尔一起回家，一问起来，原来两家离得也很近。但是烨冰从来没有叫他顺便上家里去坐，这一来，他反而对那栋"豪华的大宅"产生了浓厚兴趣。有一回，烨冰问他借一本复习资料，他反正闲着，就借机拿过去给他了。两个人站在黑色雕花栏杆的门口，烨冰直笑道：哎呀，还要你亲自拿来，不好意思……其实我没有这么麻烦你的意思……效远微笑着看着他。他觉得他一笑起来就比自己更像个小孩子，两眼没有顾忌地眯起来，像个傻瓜！呵！他一边对烨冰说没什么，反正没事做。一边站在那里想：这次总不能不请我进去了吧！啧啧，真是连自己也佩服自己……

　　这会儿，他一时无话可说，便顺口又提起那天进去"参观"的事来：说起来，你家还真是厉害啊！

　　烨冰却突然答道：那可不是我家！

　　他是九点半下的课。这季节一到晚上气温就要下降，虽然 T 恤里面又加了一件 T 恤，始终还是有点冷。尤其是一双手，因为要骑自行车而不得不暴露在外，一路上单手抓着车把，两只手轮换着，到家时还是给冻得冰凉冰凉的。他一进门，看见王太太一个人坐在那里研究图纸。浴室里有刷啦啦的水声——王先生这一阵总是加班加到这么晚才回来。王太太因此就常常抱怨不平，说现在经济那么不景气，连国企也要裁员——剩下来的感激不尽，任劳任怨地做到死，工资倒是不见长，就会白嚼人……

他们家其实一点也算不上宽裕的。王先生虽然在国企里捧着个金饭碗，但自从年轻时升过一次职之后便再也没有动静，在公司里大概就是可有可无的那种角色。上了一定年纪以后，升职的希望当然就更渺茫了。高不成低不就，一直固定在原处。这时候的男人多半也有点阴郁寡言的性格。对于孩子他很少过问。他反正抱定了"一切靠他自己，做父母的有能力就一定栽培"的宗旨，可那样看起来总显得是一种漠不关心的态度。至于同事朋友间偶尔提起的"孩子到了敏感的青春期，心事总是特别多"这样的话题，却从来也没放在心上过——他是没有那种概念的，或者，就是用"他自己会懂事的"这样的想法来自我安慰一下。

浴室的门开了，王先生从那蒸腾热气中走出来。这时他看见儿子就倚在大厅的门口——效远一看见他出来，简直有点神仙出关的感觉，忍不住笑了一笑。

怎么靠在那里发呆呢？男人问。

没什么……哦，对，有点事和你说一下。

怎么了？

我好像……生病了。

这时候王太太才回头发现了效远，她的魂魄从那玄机图的迷境里收回来，继续重复他出门前的话题：怎么还是穿这么少？说了多少次了？要是冻出病来，可别又赖在我身上！

他听了这话十分不舒服，也不理会她，朝自己房间走了几步，书包侧袋里的眼镜盒就掉出来了。和傍晚在浴室里的时候不一样，他这次没有弯下腰，而是整个蹲下去——

哎呀！男孩忍不住低低地叫了一声。

仍是那种酸痛感，简直无法完全蹲下去，同时失去平衡地往一旁倾斜，不得不用两根手指按着地面支撑了一下。

　　王先生这时候走进大厅里来了：哪里不舒服吗？

　　他这才"嗯"了一声，站起来坐到沙发上，一边捋起裤管一边道：我的腿不知怎的肿起来了。

　　王先生一见这情形马上沉下脸来，手指在他两条腿上按来按去，嘀咕道：不会是水肿吧？

　　他母亲也凑过来道：怎么回事？

　　效远这时随手把眼镜摘下来放在茶几上，王先生朝他脸上看了一眼，惊讶地叫了一声：你的眼睛——

　　唔，最近老是这样……

　　王先生朝他太太道：打个电话，麻烦他舅父现在马上把车子开过来。

　　王太太倒也不再问，匆匆忙忙地跑开了。

　　一个钟头以后，他们的车子停在了市区中心医院的门口。一下了车就有阵冷风吹过来，但是效远身上现在多加了一件外套，刚才出来得匆忙，王太太倒没忘记去衣柜里带一件衣服出来。他身上穿着这件衣服，站在医院大门广场暖黄暖黄的路灯底下，突然想起刚刚王太太骂他"要是冻出病来，可别又赖在我身上"，隐隐地感到有点心虚。她母亲朝他道：怎样，不会冷吧？还不把衣服拉起来！声音低低的，不知是否因为天气的关系，简直有点哆嗦。他们一起往里走，他朝她看了一眼，突然发现她的脸色在这光线底下简直青得有点吓人。傍晚骂他的话，大概她自己早就忘记了。

　　而当他看过去的时候，心里确实钝重地吃了一惊。

　　母亲毕竟还是母亲啊……

　　当天晚上，他就住进了医院里。

158

是王先生陪着他过夜的。医院病房太拥挤，所以只在普通间占了一个床位。王先生不知从哪里弄来一张折叠椅，靠在墙角那里睡了。

半夜里他起来，帮他把打完点滴的针头撤掉了。

第二天早上王太太带了早点过来。他本来就听见王先生在电话里和她商量半天，吃这个不行，吃那个更是禁忌……最要紧的是清淡，千万不要放多盐……结果她一过来，打开那煲莲藕瘦肉汤，还是先让王先生在那里尝来尝去，末了才倒给他吃。后来王先生走了，王太太便留下来在那里陪他聊天。

她今天的脸色倒好了不少，说话也恢复了原来的口气。

你这病呀，还幸亏不是慢性的，要不然可就麻烦了——要吃激素的，而且还不一定治得断，一年年地反复无常地拖下来，人都没了，身子倒不断地胖起来……

她才知道这个病不到一天，倒好像已经精通了，也不知一时间从哪里打听来的。虽然说到后面，极力地压低了声音，可效远还是皱了皱眉头，朝病房里环顾了一下道：妈！别说了！

过了一会儿，她突然又说：对了，今天早上有个男孩过来，大概想找你一起上学，我就把事情和他说了。

谁呀？其实就他那交际范围，不问也可以猜到。

我倒没问，长得蛮高大的。

哦，是烨冰。

嗯？什么时候认识的朋友？我从前倒没见过。

效远随口道：他家住在临江园，进门很显眼的那一栋嘛。他当然知道有一个中年妇女就有一个族谱和地理搜索系统，所以这么说她大概就明白了。

王太太只嘀咕道：哦，是那一家……

效远接道：是啊，他家很豪华的。

王太太便说：那是他表叔家吧？他自己家本来还更有钱得多，不过现在倒也没了……

159

效远听她这么说当然就追问下去，她也就尽其所知地告诉他了：不就是那些偷税骗税的事吗？其实这小地方上谁没有一本黑账的？做官的都偷吃，税收上人人都能动手脚，谁要是老老实实交税，心里又怎么甘心呢？这几年行情越发坏了，追究起来就说是信用不好，官商勾结腐败，像他们家那种头号大企业，当然是堵在炮口上头一个中招的。现在他爸爸也坐牢了，所以才叫儿子从市区回来那里读书。好歹他表叔本来也是他爸爸提拔上去的，总能有个照应——我猜也是这样了。

效远听她这么一说，想起那天晚上烨冰的神情，不觉有些惘惘然。

点滴才打了两三天，身上的肿胀几乎就全部消退了，眼睛也恢复了原来的状态——可还是一直打着，似乎没有停的意思，而他也并不问。他母亲说过他这个病治一阵总会好的，时间绝不会太长，当然凡事都说不定。王先生王太太每晚轮流照看他，蜷缩在一张长椅上睡不舒坦，白天还得强打精神作乐观示范。这天刚好到了傍晚两人替班的时间，就坐在那里聊笑了一会了——几天来他们已经和病房里的其他人处熟了，这里气氛倒没那么闷，因此虽然有空出来的独立房间，也还是没有换过去。效远正一抬眼，门口突然探进来半个脑袋，一看见他，马上眯眯地笑起来——原来是烨冰来了。寒暄了一阵，他就对效远说起学校的情况，复习的进度已经到了哪里，怕他赶不上，所以把最近的每样卷子都帮他留了一份，连同几本要紧的书都带过来了。不过他又说：也不知道你现在能不能做这个，要不然我还是带回去。王太太在旁边笑道：你这孩子太有心了！他现在好多了，没事看看书还当解闷，只要不过分。烨冰便说：那最好了——你可要快点好了回到学校来！他虽然笑着，但是这和睦的一家不免让他产生某种局外人的落寞——只在这一点上，这个大男孩的感情是突然敏感起来的，他当然不明白哪怕是效远本人，还整天思忖着想早早离家独立，唯独觉得他虽然病着，却比自己幸福得多。

结果效远一直记得他说的那句话：要快点好起来。可是过了半个月还不见好。就是到了快要完全好了的地方就卡在那里不动。现代的医院都是变相的屠宰场，一直那样住在医院既不方便又烧钱，他也就回到家里来了，用药还是回医院取，一直"中西合璧"地吃着，只不见好，也不见坏，唯一的功用就是在杀他的时间。

　　而王先生王太太一直有诸多顾忌，无论如何也不让他多劳累，更不肯让他回学校去。效远住在楼上，常常王太太连饭菜也直接给他端上来——她现在一门心思在孩子身上，博彩倒是少了，偶尔无事也会突然兴起，摊开图纸坐在那里研究研究。上楼来的时候，突然做出惊讶的样子，说自己今天中了彩赚了几个钱——当然和他生病花的钱是不能比的，可还是对这不劳而获之财十分惊喜的样子，说什么最近不猜不猜倒反而猜中了好几次。效远在那里听着，只觉得她笨得要命，也不想想从前已经沉入多少成本在里面了，有什么好高兴的。中年太太们一来就喜欢这样，输了钱就一声不吭当什么也没发生过，一赢了钱就到处开广播——怪不得听起来总好像全城的主妇们都在刷拉刷拉赢钱似的。再说到王先生，之前因为请了多次的假，现在公司的事再也不能怠慢，陪他的时间也就少了。只是烨冰倒常常过来看他，一直给他送卷子来。那些卷子一拿来就给他放在床头，叠起来总有个枕头那么高了。有一回王太太把饭端上来给他，随口说：现在这时候，中考也快了吧？他就突然觉得十分恼火——也因为是这个病一直在那里磨着，把人的志气和耐力都磨掉了。王太太叹了口气道：你发脾气也没用啊，要是把身子气坏可就更不划算了，还等它好呢。效远道：好？好得了吗？也不知道那是什么庸医，不过是要骗钱罢了。原本是在生气的，说着说着眼泪倒不住地落下来了，一滴滴地掉在碗里面。天已经黑了，窗外仍是一片蟋蟀的吱吱声，更显得这屋里的寂寥。王太太道：你这样不行，我还是叫烨冰过来劝劝你。说到烨冰，她又道：你学学人家吧，他表叔虽然有钱，无论如何他也是寄人篱下，况且他爸爸弄成那种情况，你想想他表叔能对他多好？人家父母都不在，一个人也还那么乐达——你这点苦就不能忍受？几句话反而把他说清醒了，效远道：你还是不要叫他了，现在快考试了，他自己也要复习，实在不行的话，我也只能留级了。王太太这才微笑道：你能明白就最好了。

但是她听见他这么说，反而又隐约有点怅然。

就这样一直拖到了六月初，终于完全好了，当然中考是绝对没法考了，不过他还是显得很开心，毕竟在家里闷了那么久，终于可以出去稍微跑跳一下了。因为效远告诉过烨冰不必再送卷子来了，所以他最近就来得少了，一方面也因为他自己学习紧迫。他最后一次到王家来，是要告诉效远自己要回市区的家里去了，因为户口在那边，所以还是得回原来的学校去考试。

效远那天晚上似乎心情特别地好，随口就朝他道：对呀，说起来，烨冰的家其实是在市区吧？真想过去看看呢！

烨冰听了就笑说：不就是一栋空房子吗，有什么好看的？

他马上意识到自己说错了话，便岔开道：以后一定不能常常见面了，不过也只是再过一年的事情，我反正也是考到市区那里去读书的……

到了烨冰走的那天，他倒破天荒起了个大早，亲自去车站送他。王太太之前老是唠叨这半个多学期来一直麻烦烨冰，所以一定要他亲自再谢谢人家，可是他最后倒连个谢字也没有再提，仿佛觉得已经这么熟了，那样说反而生分。大约过了两个多月，他收到烨冰的信，告诉他自己考上了 G 城一所全日制寄宿学校，以后恐怕很少回来了。附的一张照片上面，男孩穿着军训时的迷彩服，剪了平头站在操场的大草坪上，脸上晒得很黑，阳光里笑得一脸灿烂——效远一看这照片，不知怎的也跟着笑了。虽然考去 G 城的事从来没和他提过，可是他也一点都不介意。他觉得烨冰终于走出内心的阴影了，就算没有父母陪着，也一定能够开心过下去的。而他自己呢？在这几个月的时间里，好像在一直的忙碌中得到了一个静默下来澄清内心的机会，任凭时光冲刷去偏执的谜团，也终于明白了一些事情的真相。而一心想逃避的人，只因为没有看清。

一切都是自然而然的。

过去的已经远离了。王先生王太太虽然在家里有所顾忌似的从来不提起他生病的事情，可是逢人问到他上学年休学的原因，他也一一回答了。他现在对将来的打算反而想得少了，只是当傍晚时分他坐在大厅的沙发上看着书，王太太在一旁猎猎地翻一堆图纸——她现在又开始入迷了，而用的心思一多，反而又开始输了——浴室里传来哗啦啦的水声，蒸腾的热气漏出来，漂浮在昏黄的灯光里面。那时才觉得有一种温暖而隐微的喜悦，在细细地蔓延……

窗外的天已经黑了。草坪上埋伏着一片隐秘的蛐蛐声，现在越发清晰起来，像安逸的一群人的窃窃私语。

作者简介
FEIYANG

柳焕杰，男，广东汕头人，曾就读于广东江门市某大学。(获第九届新概念作文大赛一等奖)